AF210091

Markus Krenosz

im Schatten ein Licht

Bibliografische Information der Deutschen Nationalbibliothek: Die Deutsche Nationalbibliothek verzeichnet diese Publikation in der Deutschen Nationalbibliografie; detaillierte bibliografische Daten sind im Internet über http://dnb.dnb.de abrufbar.

© 2024 Markus Krenosz
Verlag: BoD • Books on Demand GmbH,
In de Tarpen 42, 22848 Norderstedt
Druck: Libri Plureos GmbH,
Friedensallee 273, 22763 Hamburg

ISBN: 978-3-7597-8846-7

im Schatten ein Licht

Grau in grau der Himmel, der Wind zischt durch die Straße, dunkle Pfützen spiegeln. Ob von der Arbeit heim, bei dem Wetter aus dem Haus, da jemand wartet, ein Grund treibt an, in den Angelegenheiten zielstrebig durch die Kälte erteilen deren Wege Sinn.

Abseits der Hektik, der täglichen Erfordernis lange Stunden in diesem Zimmer, die Gegenstände ringsum harren sorglos träge; das Fenster bleibt geschlossen, der Kälte keine Pforte und dringt dennoch unmerklich beinahe heran. Ohne Abwechslung, Begegnung, niemand kreuzt den Weg, segle in unbekanntes Gewässer, wünschte außer, in und über mir verbunden mit der Welt, zusammen im Einklang mit dem Einen überall und eins.

Nichts als Täuschung, betrogen, schleppe ich mich zum Schreibtisch, bedrängt. Die Bücher und der Rest an Ablenkung sind schon länger fort, auf die Aufgabe konzentrieren, und bei der Sache bleiben, heißt, die Firma gesund sanieren, Personalkosten abbauen hilft. Alles hat sich verändert, geblieben dafür ist jede Menge Zeit, Freiheit, fröhlich, müßig schlendernd und vergeuden.

Rasch entflohen die Wochen, Tage schwinden angestrengt. Suche Neues, bleibe zäh Gewordenem treu und beginne in dem zerworfenen Durcheinander ein Tagebuch, immer wieder nie durchgeführt, die losen Gedankenfetzen meiner Ordnung fügen, nicht wirr, endlos im Kopf im Kreise drehen und kurz zu Papier gebracht, Aufschluss über Tat und Rat verschaffen, überzeugen, herumschweifendes Betrachten sei nicht völlig nutzlos.

7

Letztendlich hat der Widerwille dazu gebracht, suche, schreibe an, richtig eifrig mittlerweile, es regnet Absagen nach generierter Vorlage und verkrampft, wenn überhaupt wer antwortet, als hätte ein Programm aus dem Prozess geschrieben.

Fürchte die Tagesordnung, lose, langweilig, fordert unnachgiebig straff, meldet Anzeichen einer echt schon verdreckten Wohnung, als ich die häuslichen Pflichten übergehe. Die Zeit bleibt liegen und zu tun die Dinge, fern einem Arbeitsalltag, sind vergessen.

Die Kündigung anfangs erleichternd, reut nun ärgerlich, Wut hält sich als Ergebnis, aber anstrengen immerzu für Motivation und Einsatz, der Arbeit hinterher, nähren nun unsichere Entscheidungen tiefer Zweifel, bröckeln die Entschlüsse. Jahre umsonst, vergeudet mit der falschen Sache.

Kehren irgendwie immer wieder die Hoffnungen und Wünsche, in Situationen gerade noch zu erkennen und heute mit Abneigung verbunden. Beim Zahnarzt im Wartezimmer, schmökere in einer Zeitschrift und ertappe ein kleines Mädchen mit der Mutter, fast böse Augen gaffen; der Eindruck, über meine Gelassenheit zu erbosen, zerstreut, beobachte weiter, obwohl beachtend, gut getarnt die Assistentin, zeichne die weichen Konturen nach, da erstaunt die Ärztin, aber straft, abzufinden mit dem, was nicht zu ändern, gleichmütig zu ertragen ist, hat an den Zähnen und keine Spritze, nicht nötig, da kann ich ja sparen, schmerzt erst einmal die Rechnung, zerhackt den Zahn und die Aussichten, ich bin erledigt, wenn die

Ausgaben so weitergehen. So schaut´s aus und sie erzählt von abfinden mäßigend und statt ordentlich beim Gedanken an die Überweisung fest in den Finger zu beißen, nicke ich und stimme zu. Natürlich, erleiden, hallt grausam, den Herausforderungen des Lebens entgegentreten, daran wachsen.

Schließlich bestehe ich auf die Spritze. Das schrille Geräusch des Bohrers überzeugt.

Besonnene, ausnehmend überlegte Version von mir?

Dann lieber sofort aufhören und leben, auch wenn es wehtut.

Aber nicht ändern können, was ist. Den Weg, auf dem ich mich befinde. Entgegen der Absicht, die nicht viel mehr als eine sich nicht erfüllende Idee ist, eine nach der Nummer zu fragen, bin ich unerwartet niedergeschlagen hinaus.

Die Nachwehen sind kaum auszuhalten, ist schon etwas her, aber wieder mit der Zockerrunde unterwegs und deftig gestern. Tagsüber zerstreut, Kopfschmerzen, abends schlimmer schwöre ich allem Möglichen ab, entscheide, mich doch besser mäßigen, weil abdanken soll das Vergnügen nicht.

Ein Anruf der Mutter belebt den Wunsch, die letzte Nacht zu wiederholen. Ob es nichts Neues gibt? Nein. Anspielungen, unterschwellig, auf die Jobsuche, immer noch erfolglos, hagelt es von einem Moment auf den anderen Vorwürfe ermahnend. Wie es denn weitergehe, was ich mir vorstelle, wie der Vater alles beende, nichts zusammenbringe, mich verdrücke, wenn´s schwierig wird. Fremde Fehler unterwerfen, beschämt eines Verlusts, den ich nicht verantworte, noch gutmachen kann, beschwichtige ich mit Harmonie, ungeachtet der Widrigkeiten. Zukunftspläne zerpflückt sie, wirft herablassend Unwillen vor.

Kein Zuspruch oder ein aufmunterndes Wort, mit dem neuen Freund ist so gut wie jedes Interesse verschwunden und bin grob verletzt, ja noch womöglich auf ihr Geld, ihre Unterstützung angewiesen.

Heute der Auslöser wandere ich frustriert vom Fenster im Wohnzimmer zum anderen in die Küche und zurück.

Ob ich so weitermachen will?

Drauflos eilen, unüberlegt aufhalsen und nicht wissen wohin?

Die Wohnung eng immer allein, zieht es nach draußen, ein Spaziergang, ein Besuch beim Nachbarn, halte inne vor der Tür; in der miesen Laune und dann erzählt Klemens von der Arbeit, der Freundin und Vorschläge, was besser machen, dröhnen in den Ohren, als genieße jeder die Belehrung, erfahren im Leben, es meistern und man wartet nur auf einen, der verstehen muss, wie mich.

Geräusche an einer Wohnungstür, erschrocken hoch, springe ich zurück zu meiner und verschwinde.

So geht es nicht weiter. Arbeit und zwar schneller, aber eine, die begeistert oder hilft das Mittel zum Zweck wieder, die vorübergehende Ausrede, irgendwann verfestigt, gleichgültig abzufinden, der ich geworden bin. Noch werden, mich sehen, gebe zu, nicht gerade einfach, sich selbst zu fassen. So bin ich bestimmt zurückhaltend, auch draufgängerisch, heillos romantisch, ein Abenteurer; naja, vielleicht auch nicht. Jedenfalls bemühe ich mich in dieser Hinsicht derzeit nicht, tiefer zu gehen, gebe mich seicht an der Oberfläche hin.

Einfach kennenlernen, David, verstanden! Aber mich öffnen, zugehen, habe schon zuvor Bedenken, weil ich in schwieriger Lage, es auch gar nicht erklären will; alles ist unangenehm, arbeitslos, einfach peinlich. Nicht dass manchmal Mut bewahrt vor dem Hungertod, aber steigt das Interesse am Gegenüber spannt Spannung und alles läuft schief. Lächelt die Gelegenheit, ändert mit jeder Kleinigkeit sich die Motivation, unsicher, ausgeliefert, Flucht.

Ziemlich verzwickt heute im Zug. Unterwegs zu einem Vorstellungsgespräch, recht nervös, male mir aus, wie ich empfangen, befragt werde, Geschichten vom Arbeitsalltag gibt es, bis ich lächle, Hoffnung bestärkend man gehen lässt und absagt. Am liebsten umdrehen, verlasse das Abteil bis zum letzten Waggon. Die Schienen bis zum Horizont nicht endend, werden es, zeigen vergehen, verlieren, nichts vollbringen, hinausstürzen in der aufgehenden Furcht. Niemand rettet.

Drücke den Griff zum Abteil, da erblickt frech ein Auge, hat im Visier, ausgesucht und will, ja will, wer weiß was, bestimmt ansprechen.

Warte auf die Worte, schon Ausflüchte parat, da nimmt der Gedanke an die Ankunft wieder fort, führt ungewiss an der Hand, schon ist es da. Schlicht, beinahe belanglos, nichtsahnend, dennoch verheerend endgültig: Und wo fährst du hin?

Nicht die gewagte Schönheit, aber draufgängerisch während des durchaus geschmeidigen Gesprächs und hat mit der Frage nach einem Treffen glatt überfahren. Heiß ist mir geworden, hab, völlig irr, von wichtigen Terminen erzählt.

Was belästigt die; hab immer viel zu tun, ruhiger, woher sie kommt. Sie lebt am Land, wollte schon immer in die Stadt. Das würdest du tun, nicht möglich und für alles bereit? Da hab ich der Bestimmtheit wegen unwillkürlich wohl so was wie gelacht. Die gefälligen Worte sind vorbei, Stille fordert, ich lüge, muss bei der nächsten Station raus.

Ist das möglich? Des nähernden Blicks wegen, den ich nicht erwidern kann. Fürchte vielmehr, dass Zeit und Anstrengung verschwendet, ich niemals Mut aufbringe, keinen Platz mehr finde, immer weiter in eine fremder werdende Welt, jagen finster Gestalten, die vorwerfen, was ich alles nicht kann. Versagen höhnt lächerlich, egal auf was oder wen ich später treffe.

Das freundliche Gesicht bedrückt, bin das Wohlwollen nicht wert, kein Umgang, ankerlos, unstet losgelöst, nicht der Freund, der wartet.

Es kümmert, gutgemeinte Worte und die Freude verstimmen. Was geschieht? Nie mehr Zuversicht, kein Lächeln nimmer.

Nehme meine Sachen, wechsle aus dem Abteil in ein anderes weit hinten. Bin ich übergeschnappt, packt Erstaunen über die Aktion, aber zittere bei allen, die vorbeigehen, als hätte sie nicht ohnehin durchschaut.

Durchaus kläglich. Die Unterhaltung ist vorbei, ruhig sitzen ist schwierig, die Wahrheit unzumutbar und lasse Gelegenheiten und Vorhaben, so ausgeklügelt im Kopf, vorüberziehen, meide verwickelte Situationen, entgehe dadurch einer Enttäuschung nicht, suche nach einer vergebenen Chance, die ich nicht will, frei sein des Vergehens und aber auch einer moralischen Pflicht.

Alles ist schwierig, warum beginnen, wenn die Kraft umsonst ist; ich warte. Bin mit einem Mal müde, besser aller Verzicht?

Bis nichts mehr zu wählen ist.

Wirklich vermeiden, wenn es keiner Tugend entspricht.

Ist das die Wahrheit, Keil ins Herz, Unsinn ist jedes Entweichen, der Abstand, den ich wähle, nicht entscheide und es andere tun, erdulde; alles nicht mehr erleiden, wo es doch nicht richtig ist.

Eine Absage. Wieder. Entlastung sehe ich keine und die Ersparnisse schrumpfen, damit verbunden steigt der Stress. Bewerbe mich für Positionen, die der Ausbildung nicht mal gerade noch entsprechen und an den Rändern der Möglichkeiten wartet verständnisloses Gebaren. Die Personalabteilung aufgeblasen am Telefon hat Eindringen in ordentlich geordnet und abgegrenzte Bereiche eindringlich vorgeworfen, abweisend herablassend vorsorglich zu Beginn, als störte ich und unterbreche bei wichtigen Tätigkeiten und ein Argument nach dem andern nimmt das aussichtslose Vorhaben auseinander.

Natürlich gibt es an Vorgaben nichts zu rütteln und in jeder anderen Möglichkeit meiner Welt hätte ich mich nie damit quälen müssen; in dieser wird hochmütig in der Sache und menschlich unqualifiziert über mich erbrochen.

Druck ablassen vielleicht, vermute ich, daher das arrogante Zurechtweisen.

Ein bisschen netter hätte ich genauso verstanden.

Einhalt gebieten? Auflegen.

Schon der Unhöflichkeit genug auch noch Genugtuung verschaffen. Kein aufmunterndes Wort, aufgespielt überlegen, vielleicht ist sie hilflos in irgendeiner Weise, selbst am falschen Platz.

Ein vorwiegend verheerend anstrengend, erfüllt unerfülltes Wochenende, den Rest gibt die Mutter am Handy, strapaziert die Nerven. Mit Theresa lief alles einfach immer und wir haben so gut zusammengepasst und meine Schuld, dass es auseinander ist, hätte auch den Job noch und das ganze alte, elende Leben, das nicht anders war als einfach nur perfekt.

Nichts passt und ich treffe nicht allein alle verdammten Entscheidungen, aber urteilen über mich, loswerden, nicht sorgen, sie liebt nur sich, hat nie den Vater, mich, nur das schön eingerichtete Leben geliebt und nie aufgehört. Die zerbrochene Beziehung bietet ein offenes Feld für Angriffe und ausreichend Munition. Fehler eingestehen, vielmehr, den Charakter ändern, einen anderen machen aus mir; völlig daneben, besessen der eigenen Ansicht, du machst nur, was du willst, denkst an niemand anders als dich und nicht ein bisschen besser hat Theresa in der Weise mies gelaunt verantwortlich für schlechte Stunden machen und Vorhaben bewegen versucht.

Schon auch egoistisch, gierig, der Mutter ähnlich, und weswegen der Vater verlassen hat.

Hab mich gekümmert, unterstützt, seit dem neuen Freund zählt nichts mehr, stänkern, dauernd nörgeln, erzählt, was er rät, zu tun, von seinen Tagen, schert sich nicht, wie es mir geht, hat Dank versichert und vergessen.

Ich hab lange gezögert hinzugehen, in Gedanken aufdringliche Fragen vorweggenommen und der Freitag kratzt vorbei am Wünschen, nicht unbedingt erbaulich. Thomas, der Zockerkollege, weigert sich, einzusehen, dass die Cousine selbstverständlich für mich richtig ist und es verbleibt berücksichtigt als Tagebucheintrag eines Dilettanten, weil töricht so siegessicher selbstgerecht. Erkenne, berauscht benommen, vollkommenes Glück, kristallklar jedoch den Ausklang der überspannten Nacht, vermute Charme zum Durchbruch; es ist ein Fehler. Hänge eifrig an den Lippen statt nüchternen Worten, versuche, ins Bett zu kriegen.

Noch ein Anlauf, geschickt eine Randbemerkung, ein Kompliment, sinnlich der Blick, vergeblich alles. Fort ist sie. Ich sehe hin, trotze dem Schutzwall der Freundinnen, deren verächtliche Blicke wie Blitze treffen.

Unfähig, lehne an der Bar, starre vor mich hin.

Wirble im Tanz unter schwingenden Körpern, führe immens gescheite Reden, bedeutungslos verklungen und bin am nächsten Morgen bei einer der Freundinnen erwacht.

Ein Vorstellungsgespräch und guter Dinge, bereitwillig in die Zukunft und bis zur Frage, was ich erreichen will, im Flow. Den Job gut machen, bleibt unerheblich, ein Ziel, aufsteigen, steigern Ertrag und Aussicht, beständig mehr. Aber nein, Arbeit, Einkommen und Freizeit, die Firma existiert nicht allein.

Bestimmt beherrschen, betreffen; angewöhnt, dankbar, ergeben Sinn- und Brötchengeber, Herr über Zeit und Nutzen, einen Berg von Arbeit und erstickt, was für alle reicht. Die Verantwortung und das große Geld darf er mit den Rückenschmerzen behalten.

Geringschätzig beim Händeschütteln, beinahe bemitleidend, als hätte ich nicht verstanden, worum es geht.

Aber worum? Arbeiten, klar, überleben und meine Welt, die bleibt, Betätigung und Sinn, frei atmen, leben und mal ein guter Tag, das Wichtigste, Nötigste, das was man gern mag und noch was beiseite, der Notwendigkeit gehorchen. Vorsorgen. Anhäufen? Geld. Autos, Kunstwerke, Abenteuer, Seltenes, Häufiges, schöne Momente. Zufriedene Tage? Ausgeben, triumphieren, begeistern, besitzen, bekehren.

Die Großmutter hat mal gesagt, leben und keine Angst haben müssen vor dem Sterben, aber das schließt doch gutes Leben ein? Schwindelig im Kreis verfangen, zerrieben nutzlos, aufgeben, verzehrt verzweifeln, darf nicht rasten, bei etwas bleiben, keine Möglichkeit versäumen.

Absprung wohin? Tage verschenkt, an wen, an mich? Vorteile und Chancen werden wahrgenommen, Hunger hat immer Recht, Leben braust hinweg, überrollt und lacht, das nicht ist, weil keines wartet.

Das Mindestmaß an Unterstützung haut hart zu. Lasse inzwischen ziemlich alles, was über Wohnen und Essen hinausgeht, es zwingt in die virtuelle Welt; überlege noch einmal, vergleiche Preise, bin zu stolz, zuzugeben, aber die Mittel werden knapp und jede Idee fehlt, ein Weg, Zuruf oder eine Eingebung, die befreien und ich erschrecke beim Gedanken, dass ein Bekannter auf der Straße fragt, wie es denn geht.

Absagen wie von einer Hand geschrieben. Die Not lässt keine Wahl, zwingt zu falscher Kost.

Niedergeschlagen, gebeugt vor dem Schreibtisch, versinke ich dunkel und auch um mich herum verliert Licht an Kraft. Ganz leer schaudert, tu irgendwas, sag ich, Schweiß tritt auf die Stirn.

Nichts tue ich, starre stattdessen auf den Bildschirm, seit Tagen steht Geschirr herum.

Der Alltag verödet und Ablenkung macht vergessen. Habe mich auf einer Partnerbörse angemeldet, aber die Hoffnungen werden platzen, fegt Mut und Selbstvertrauen fort, denn warum gerade hier Erfolg, flattern die Gedanken, flappen laut im Sturm, spannen den Körper, ich trifte ab, tauche in vergangene Zeiten voll Zärtlichkeit und Harmonie, erwache traurig.

Etwas muss geschehen, fast lächerlich, blase Erfolg versprechende Eigenschaften auf zu bunten Luftballons, mich formen, bereitet Vergnügen. Erste Klicks, aufgeregt in die neue Welt, lese von einem Profilwesen zum nächsten und lasse erst spät nachts mit müden Augen ab, enttäuscht vom eintönig langweiligen Hin und Her und den unbeantworteten Anfragen.

Gefangener der Lust am Laster, die samt streicheln, wütend verzehren; schwach, ruhen, einen weiten Bogen um die Ausführung irgendwelcher Ideen, habe ich den guten Tipp nicht befolgt und bin, das Internet leid, in einen Klub und sicher, eine flüchtige Leidenschaft könne das rastlos suchende Herz in all dem Hetzen füllen.

Durch Gänge, an lüsternen Ecken vorbei, Zimmer versprechen, laden ein; Hände streifen, Blicke, die vorüberziehen, verführerisch verschlungene Körper, aber eine geheime Hoffnung, zärtlich, siegt mit der Vernunft, die, notwendig, gut gemeint Schichten von Erfahrung überzieht, das Verlangen, Schwachsein nicht verurteilt, angenommen, dadurch verflüchtigt, aber der anbiedernden Begehrlichkeiten nicht angezogen und kaum Schönes krieche ich ekelgeplagt ans grelle Licht, die massenhaft bürgerliche Scheinwelt verdeckt unbeachtet das verärgerte Gesicht. Ein überhebendes Gefühl der Mäßigung übernimmt, hält zwei, drei Straßenecken, als ich angewidert beginne, zu hadern. Wäge wünschen mit Erfahrungen umringt von wetteifernden Ideen ab, gewähre kein Glück der freien Seele und aufrichtige Ausgelassenheit dem

Körper, rücke stattdessen beschwichtigend ins Wohlgefallen, träume in die zerbrochene Beziehung, vergangene Bilder wärmen, fortan moralisch unversehrt, beschließe ich und es erheitert, da Maßlosigkeit nicht vorzuwerfen, das reine Gewissen begnügt.

Schlafe erholsam, spaziere tags darauf fröhlich und guter Dinge ohne den geringsten Ekel wieder dort vorbei.

Im Netz träge gelesen, noch Stunden gelangweilt hineingegafft, überfällt, zu langsam allem hinterher, längst verloren auf dem Weg durchdringt, beklemmend Scheitern. In der Wohnung auf und ab, da draußen Freude, Leute unten lachen, ein Pärchen überquert die Straße, Licht fällt auf strahlende Gesichter, lächelnd und voll Glück. Wende den Kopf ab, starre auf meinen Neid, giftig Hass zerschneidet.

Forme die Hände um Nase und Mund zu einem Hohlraum, atme, warm zirkuliert die Luft.

Was für ein Übel.

Schreibe kaum an, Profile zappen hält sich als zeitraubende Ablenkung, die Begeisterung lässt zwar schnell los, aber mich nicht, bevor ich zerknirscht beende.

Statt Dauerklick schnappe ich Jacke und Rucksack, die Kamera für alle Fälle; eine Entdeckungsreise durch die Stadt, schneidet der Wind ins Gesicht, die Entscheidung leid in ein Café; wische, der Unterhaltungen und lebhaften Gesichter müde, achtlos Handy, während ein Schatten im Augenwinkel nicht lange genug betrifft. Als ich aufblicke sind Rucksack und Kamera weg. Irre durchs Lokal, glotze fordernd. Ein Stück erwärmen, gesellig unter anderen, höhne ich; denke nicht an weitere Kontakte. Die Häuserschluchten sind verlassen, bedrohlich die Fassaden erdrücken. Was denn außer weitermachen?

Früh raus, beginnen. Joggen, Inserate abarbeiten, bewerben. Die Wohnung putzen, einkaufen, kochen.

Und dennoch, alles gleicht Gleichem und bedrückt. Montag, Mittwoch, Sonntag, alles egal. Aber nicht für mich. Bestehe darauf, erträume geregelt in allem Für und Wider, in allem Chaos ein Stück und der täglichen Angst entweichen, und zu oft im Überdruss und der Langeweile, Hoffnung finden, dass es vorbei geht und zu glauben verhilft, dass nichts umsonst, ich nicht sinnlos strebe.

Hab mit dem Klemens den Fitnessraum am Dachboden zusammengeräumt. Geräte abstauben, danach ein paar Übungen, plaudern und scherzen. Eine Weile aus dem Dachfenster hinaus an den weiten Horizont geschaut, alles Mögliche besprochen, erst die Liebe gleichgültig, königlich beglückt damit, scherzend abschätzig und schließlich den Teufel, der dazugehört, weil es die Liebe nie ganz gibt, wie er glauben machen möchte und fröhlich endet, durch den Schmerz, den er verursacht. Glückselig Liebe, einem zuviel von beiden ruft Gier und Verdruss, alles Glück für mich entgegen aller Verluste.

Und nicht zu lassen, ist das die Liebe? Und was macht den Unterschied, wenn es erleiden nichts Gutes bringt.

Richtig zusammengehören können sie kaum, wünschen den Gegensatz, umkreisen, der eine den anderen hasst und begehrt und liebt, führt das eine zum anderen oder bedient einander, um für sich zu erreichen.

Ans eine wie ans andere glauben will Klemens nicht und grinst. Ob es die Liebe als umfassendes Prinzip gibt und ganz es selbst, entgegne ich. Was das sein soll; es ist in mir oder hast du je einen Gott der Liebe gesehen? Und doch gibt es vielleicht einen Menschen, der so ist. Voll der Liebe oder des Bösen, genau und gar dauern die Kräfte geballt über die Zeit, aber werden nicht oft offensichtlich erkennbar, verstanden sichtbar in der Welt und sind doch immerzu überall in vielerlei Gestalt.

Klemens, in abwehrender Haltung, verwirrt zunächst, relativiert Bedeutungen, ein kurzes Insichgehen begreift, begleitet ein aufleuchtendes Gesicht. Er meint, wir finden in uns, es muss auch in der Welt um uns geben. Findet nebenbei anmaßend gierig, vor allem jederzeit bereit nicht weiter schlimm, fordert meinen Hunger, nicht letztlich nur seinen zu stillen, beruhigt nicht, aber die Sinne sind wach.

Im Erleben gleicht es, was es ist im Erkennen. Sein in sich Sinn für mich, ich sein, Sinn erfahren.

Ist daraus nicht innewohnend eine weitere Welt, die auch meine ist, und darüber hinaus oder dass ich mich täusche, treibt die Vorstellung weg, dass gar nichts sicher und ist es möglich, zu beweisen, wofür wir stehen, wer wir sind, was wir tun können, ohne zu reuen. Nicht nehmen und einander hindern, aber ist genauso umgekehrt doch auch richtig, wir Menschen gut und böse sind.

Erdenke ich mich und schlussfolgere, kommt nichts als Chaos heraus, lächle ich unwillkürlich, aber kann ich mich in die Zukunft, das Ende durchflutet von aller Welt in einer ewigen Sekunde sehen, jeden Schmerz abschütteln, Weggehen ins unfassbare Andere und auf Erlösung hoffen in dem Moment, der gehört, und mitnehmen. Das kann ich nicht.

Klemens beklagt sich über die Freundin, den Teufel überall und die Liebe kann ihn mal und nicht ganz unverständlich sehnt er sich bestimmungslos der Lust nachgeben; eine vergängliche Liebe, Freundschaft nicht immer bieten kann, was hingegen der Liebe Schmerz unerträglich macht und tief.

Schlechter zu werden, zu machen und zu tun, aber sich ständig Einhalt gebieten, ist das Muss? Jedenfalls betrügt Klemens Julia, ob sie es weiß?

Ans eine wie ans andere ist nicht zu glauben, wiederhole ich, weiß nicht genau, warum ich es sage und was ich meine, Gott, Tod und Ende, eine Liebe für immer, aber verharre bei der Liebe, die so gründlich hin- und herwirft ohne Verstand, scheint immerzu in Gedanken gedankenlos, besitzt, verführt, alles glauben und dennoch führe ich verächtliche Rede, es sei nicht viel mehr als die Ausprägung eines Gefühls von Zuneigung, Zusammenspiel verschiedener Hormone, das mit ein bisschen Glück nach kurzem Aufflackern in engeren Bindungen verflüchtigt und auch wenn die Reinheit der Empfindung echt sei, bleibe es ein Erhaltungstrieb der Gattung, füge ich moralverdorben hinzu und blicke auch noch herablassend gelangweilt, wenn auch sehnsüchtig einem Glauben daran verhaftet.

Klemens wehrt ab, gehe es vor allem um Vertrauen, einen verständnisvollen Blick, der wichtig macht für einen anderen, überflüssig in der Welt, einen Mittelpunkt im unendlichen Spiel der Kräfte schafft, keine Stärke bevorzugt, aber Hoffnung schenkt, mehr zu sein für einen als eben nur ein Exemplar unter den vielen und auch mehr als das.

Muss schon zugeben, wollte durch mein Wortgefecht aus der Reserve locken, eine mit Bestimmtheit verteidigte Romantik habe ich nach seinen Reden inmitten der vollführten Lebenslust dann doch nicht erwartet. Aber auch die Liebe vergeht, ändert sich, festigt manchmal neu oder in anderen Bindungen und doch gibt es, lebenslang ein Paar, vielleicht nicht immer treu, womöglich wert, es zu versuchen, lässt unschlüssig zurück.

Mit dem Bösen werden wir uns schneller einig, es ist immer der andere und daher sind wir es beide und lachen. Bloß Hirngespinst. Obwohl ich meine, er sei nur froh, das Thema zu beenden. Mit harmlosen Scherzen über metaphysisch Absurdes und ein Grauen, das eben nur im Menschen zu finden ist, befreien wir uns, verzichten auf weitere Erklärungen.

Nachts, sehnend plötzlich, erinnert rastlos Suche nach Vergnügen. Zwischen leerstehenden Fabriksgebäuden, abgeschieden in der verwahrlosten Verlassenheit wandelten Reich und Arm, Hässlich, Schön, betrunkene Raufbolde, gewitzte Huren, Anbietende und Nachfrager geheimer Wünsche und unerkennbar finstere Gestalten. Satt, erschöpft Geist und Glieder, streife ich umher, lasse nicht ab, immer weiter in die Gassen, lockt es lustversprechend. Zerrissene Zäune, Laternen flackern, erhellen ein Autowrack, etwas huscht entfernt vorbei, ruft leise. Umrisse in den Eingang einer Halle auf der Flucht vor dem Licht. Bin verrückt genug, hinzugehen, ein Gesicht zeigt sich, verschwindet wieder. Blass-bleich, Augen blitzen, ein Hauch weht von einer toten Maske. Schaudern, nichts denke ich, aber weiß, ich bin verloren, wenn ich weitergehe.

Danach plagt oft derselbe Traum. Zögernd näher, scheu meidet ein Wesen so sanft, wechselt in eine Bestie, beißt sich fest, reißt Stück um Stück vom Fleisch aus meinem Körper.

Ein anderer Albtraum verfolgt. Wollte ja am besten sofort mit Arbeit beginnen und mit jedem gut auskommen, halte jedoch keinen um mich aus und wenn Unbekannte gutmütig begegnen, kann ich einen freundlichen Gruß nicht erwidern, blicke unwirsch ins Gesicht. Niemand meldet sich und ich, abgestumpft, ohne jedes Interesse, Nachrichten zu versenden, möchte gar nicht alleine sein und wünschte, mit einem Streich mich auswischen und neu erfinden. Die

Last fortspülen, auf fruchtbarem Boden wachsen, im Spiel der Menschen wieder einen Platz finden, aber betrachte meine Lage und hasse grüblerisch missgelaunt die Welt, ungerecht, vorurteilsbelastet selbstgerecht, Arroganz und Ignoranz und schließlich mich selbst wie verrückt völlig außer mir. Bis mir vor mir selbst richtig schlecht wird.

Frühstücke unregelmäßig, lustlos und schnell, damit statt für rechtzeitig in die Arbeit, genug Zeit bleibt, um zu ändern, tatsächlich um über Stunden herumzuhocken, tatenlos vergeudet und auch die Partnersuche bietet keinen Ersatz für ausgewogenen Alltag, angenehme Zufälle passieren nicht.

Mit der Mutter zurückhaltend, aber freundlich, wendet das Gespräch sich heftig, der aufgestaute Groll, Anspannung und verdeckte Anfeindungen finden eine Sprache, zerfließen in Tränen.

Der Rest des Tages quält verbittert, unmöglich aus mir heraus, von der Couch, auf der ich klebe, hinaus, die Sonne sehen. Dicke, graue Wolken ziehen.

Wo sehen Sie sich in ein paar Jahren?

Keine Ahnung, foltert die Frage. Wandere eine Weile schwermütig, gesenkt der Blick, Häuserzeilen entlang, steige einer eingeübten Bewegung folgend in die Straßenbahn. Beißend der Geruch, sogar riechen schmerzt; noch dunstig drückend, leert es sich; Menschen ziehen vorbei, Gedankenfetzen, Straßenecken. Ein Junge steigt ein, etwas verwahrlost, streift vereinzelt stumm Dasitzende, spricht unerwartet zuerst zu allen, fordert nachdrücklich den jungen Mann vor sich und da huscht diesem Kobold ein Grinsen übers Gesicht, als er müht, sich zu erklären. Geld wechseln, müsse jemand helfen und die Worte wecken die Erinnerung an genau die Situation vor ein paar Tagen, wo ein anderer bereitwillig die Geldbörse zückt. Zufällig steige ich mit jenem Gauner bei der nächsten Station aus, er steuert auf einen Haufen ähnlicher Gesellen zu; ob es geklappt hat.

In der Straßenbahn wechseln Münzen und Scheine die Hand, wage Zweifel, ob diese Art der Betrügerei ein Auskommen zulässt oder hat der flinke Dieb, und ich hab unbemerkt und blitzschnell Scheine rauszupfen doch gesehen, das Portmonnaie dem Mann, während er den Arm noch dankbar drückt, regelrecht selber, jedoch leer, in die Tasche geschoben. Aufspringen, warnen vor der Tücke, rutsche verzagt zurück. Niemand nimmt Anteil am Geschehen, ein älterer Herr ruckt abstandnehmend in den Sitz. Neue Haltestelle, auf den Stopp genau, es geht so schnell, ist der freche Dieb draußen bei der Tür.

Den Getäuschten ertrage ich nicht, starre auf Häuserwände vorüberziehen und verschwinden.

Vielleicht ein Irrtum, bin ich überzeugt und froh, nicht fälschlich eines Diebstahls zu bezichtigen.

Es lässt nicht los. Lächerlich, was soll das? Kleinigkeiten, die Aufregung nicht wert, wird eine Lehre sein, wende ich mich hochmütig ab.

Hättest helfen können und immer unnachgiebiger, Feigling! Genau. Ein Feigling bist du, dachtest wohl, der Junge könnte es aufnehmen mit dir.

Doch selber schuld, warum lässt der Mann sich betrügen.

Und wenn eine Frau belästigt, beschimpft, du selber wieder bestohlen, die andere der Tasche beraubt, einer schikaniert, verspottet, wieder einer bedroht, übel zugerichtet worden wäre, überblendet bedrohlicher ein Übel das andere und ein Zittern überfällt, grimmiger die Täter, böswillig bereit. Bei der nächsten Station hinaus, hätte beinahe ein kleines Kind überrannt, übergehe die Worte der aufgebrachten Mutter, höre nicht auf zu laufen. Weiter, egal wohin. Nur weg. Nichts hören davon und sehen. Und vergessen. Den vergessen, der ich gerade erst noch war.

Eher beruhigt, als ich dachte, entspannen, die Aufregung, den Tag in traumwandelnder Distanz vorüber bringen. Treffe auf einen Bekannten mit denselben Absichten, zwei Männer sprechen an, er lehnt ab, will auf einen Freund warten, lässt sich überreden und als Gras und Geld getauscht werden sollen, biegt der Freund um die Ecke. Mein Bekannter dreht sich weg, für ihn ist das Geschäft gelaufen.

Den Vorgang noch nicht richtig verstanden und erstaunt, durchzuckt den verhinderten Verkäufer das Bedürfnis nach Respekt, er fordert auf, zu zahlen, zornig ein Schlag mit der flachen Hand. Mit gutem Reflex, kraftvoll zurück bringt den schmächtigen Mann ins Wanken und er zieht, der Kehrtwende zum Trotz, eine Pistole, hält wirklich eine in der Hand, ich kann es nicht glauben, und drückt sie an den Kopf. Ich rühre mich nicht, atme flach, das Herz pocht verrückt.

Dicht die Pistole an der Schläfe, wirft der Dealer Unmögliches vor, setzt unverständlich zu. Worte der Entschuldigung, der Mann lässt ab, erleichtert ein Arm um die Schulter des hinzugetretenen Freundes, unterhält mein Bekannter sich dumpf und geht geduckt davon.

Nichts als froh, gerade noch, durchdringt, verhängnisvoll, wird völlig klar. Das Bedürfnis nach Aufregung und Entspannung ist verschwunden.

Die Nacht verschwitzt im Albtraum, nackt die Menschen lachen, tanzen durch die Tram, Geldscheine wirbeln durch die Luft, klimpernde Münzen, Geld klebt an allen, macht dahinter verschwinden; abschütteln, gelingt nicht, es zieht nach unten in ein Meer fordernder Hände, Pistolen entweichen im Untergang, zielen, laden. Endlos Abgrund, kein Boden, kein Befreien, bin beim ersten Knall erwacht.

Finde keine Ruhe, von einer Wand an die andere geworfen, bezichtigt mutlos niedrig, scher mich doch kein bisschen mehr als andere keinen Deut um wen.

Gleichgültig fest verankert, der Felsen einer Tugend und egal auch, aus dem Wagen zu einem anderen Opfer, das den dummen Vorfall bald vergisst.

Die Pistole? Ein Schuss. Vorbei.

Lässt jedes Tun und Ende letztlich gleich, feiert Anfang bloß sich zersetzend Heuchelei, nichts ist, als untergehen.

Am Anfang steht die Schuld, sie soll verschwinden.

Aber, es geht nichts an, bereitet ruhige Tage, leichtgläubig der Mann ist reingefallen; das Geschäft verderben, dem Zorn aussetzen. Helfe großmütig und bei der nächsten Haltestelle die Tür raus, verhauen gemeinsam die Bastarde.

Gut oder schlecht, wer verdient Zuwendung, Vertrauen, gutmütig Nachsicht, wer Härte?

Der schon jeweils Gegenteiliges genug, es fordert, braucht, der nicht verlangt oder bekommt?

Es plagt der Dieb, die Pistole in der Hand hat nicht auf mich gezielt. Ist es falsch, selbstgerechtes Opfer egoistischen Gleichmuts, bin der, der nimmt, schön brav noch danke sagt und geht. Schon immer gestohlen Zeit, Tat, Recht, Liebe und Verständnis der füreinander Ergebenen; betrogen die Ehrlichen und Guten, nehmen andere ohne Scham, Scheu, skrupellos und ohne Reue, überzeugt hochmütig, rechtmäßig erstanden in ihrem Sinn.

Betrachte Gemeines, Dummes, das Alltägliche, betrachte mich. Bin ich? Einsam empören und leiden.

Trage Schuld und Last, mische ich mich ein, lächle jenseits davon, aber nicht lange, verlassen und allein.

Bin ich denn wirklich von und mit allem betrogen? Ertrinke in einem See voller Scheine und Münzen. Ein Menschensee im Sturm, keiner hilft heraus entrinnen.

Warum helfen, mir helfen, finde ich schon keinen Ausweg. Einem anderen einen Vorteil schaffen, während das Wasser bis zum Hals steht?

Was widert der Gedanke an von Glück, schrecklich dumm, wahr, nicht anders als niedrig, versuchte ich, Heuchlern ähnlich, zu erschleichen.

Anstrengung wird Demut lehren, von der ich nicht genügend besitze, versucht Güte entwinden, aber kein Mitleid für den Dealer und den Kobold oder sonst jemand überkommt, selbst wenn sie sich damit zu essen besorgen, ärgert noch immer die schäbige Hinterlist, das herabsetzende Gehabe, das zerstören in Kauf nimmt verächtlich. Und was werden sie schon tun als bei nächster Gelegenheit eine Flasche kaufen und sich schieflachen über der anderen Dummheit. Der einfältige Mann hingegen hilft, wird ausgenutzt, betrogen, bestohlen, was als reuen die gute Tat?

Einander helfen, den Schmutz und die Sorgen teilen.

Nein, und mir geht es gut.

Alle schützen sich so weit es geht, denken an sich.

An mich denken; werde traurig, bin Streben satt, in der Kargheit abseits mit dem Geringsten begnügen, nur damit ich nie mehr auf einen anderen angewiesen bin.

Den anderen ausnehmen, ausnutzen und verwenden, Antwort dem Begehren? Änderte nicht, dass ich ihn brauche.

Viel Geld haben? Dann möchte ich erst recht brauchen wollen.

Keines davon ist, außer das Gegenteil, man lässt mich nicht in die Welt. Hasserfüllt das Sinnen, mich will man nicht, kein Platz ist frei. Menschenfreund. Weil Mitleid plagt? Sitzengeblieben, bin weitergegangen, habe weggeschaut, schreie lauthals mit: „Ja, genau der, der soll weg, den brauchen wir hier nicht."

Will den aufdringlichen, ungemütlichen Vorwurf, diese keine Schuld, nicht länger ertragen, der Menschen frei, die zwingen gut, zwingen, schlecht zu sein, frei von Schuld, dem falschen, verlogenen Wort, der

Tat, die trifft und auch die gute, die begegnet, bohrt in der Wunde, lässt fühlen, wie frei um mich, schon ganz umhüllt und zu ersticken droht.

Sorge um den Mitmenschen, ist das die hinterhältige Lüge, auf die man sich verlassen, verlassen wird, hält nichts auf in die sicher bessere Welt, die traumnah fern von allem Hoffen, nichts geben kann.

Alles ist gerecht, was kann das sein. Gleichgültig gerecht, da nichts betrifft, Gutes wie Böses nicht. Kann nicht lassen, aber entferne mich. Teilhaben an der Menschenwelt. Ein nächstes Ungemach verbreitet.

Verliert nicht alles Gute oder Schlechte irgendwann an Strahlkraft? Sinnsuche, Wunsch zu erleben, Erinnerung verblasst, erhellt das Angesicht des Todes.

Meine Nichtexistenz und die Auswirkung.

Jede mögliche, keine. Aber ist das die Antwort, kümmert nichts, selbst dessen Ignoranz zieht spurlos durch eine bittere Leere, die das Herz erfüllt, beraubt des Willens den Blick trübt, nichtig fallen lässt.

Nach hartnäckigem Drängen mit Julia ins Kino, danach auf ein Getränk. Die Ablenkung tut gut. Sanft sorgt sie sich, wird zu keinem Zeitpunkt belehrend. Das vertraute Gespräch, die Milde der Worte werfen in die Vergangenheit. Eng aneinander am Strand schmiegt sich Theresa an mich, heiß die weiche Haut, brennt jetzt jede Stelle, wo früher Liebe war.

Wie anders und besser gemeinsam weiter, verzerre sinnlich trunken die Erinnerung, entsage niedergeschlagen und flehe, endlich zu vergessen. Zurechtgelogen verblassende Erfahrung, ausgeträumt. Halte dennoch fest, nicht alles, was einst war, soll wie Sand durch die Hände rinnen und befehle im gleichen Augenblick, den Wachtraum, die verzehrende Illusion zu lassen. Wüte kleine Kreise, balle Fäuste, an sie denken, ärgert, bei all den schönen Gefühlen entschwunden, es eine andere Welt betrifft, aber es lindert die Einsamkeit und ich ertrage den Trost in der Stille.

Dem Klemens eine Gefälligkeit erwiesen und, in der Nähe, auf dem Friedhof gelandet; ziellos an Grabstätten vorbei. Ist hier Erinnern, von Mensch-Sein etwas geblieben und was das ganze Sterben soll, da überrascht der Tod, zeigt ihn warten, bitter hallt, niemals Schmerz mehr, der Aufruf nach, der Ort könne zu innerer Ruhe, einer Eingebung verhelfen.

Bei einem Begräbnis wird von einem Pfarrer verlesen, was der Verstorbene der Nachwelt hinterlässt.

Wird ihm wohl nicht mehr wichtig sein. Mit aller Sicherheit weiß ich es nicht.

Schwingen Taten nach, noch durchdrungen von denen, die einst waren, wie alles einmal vergessen ist.

Ob irgendetwas jemals war?

Und doch alles seltsam für den Menschen, aus dem Leben, nicht mehr wahr, noch gehorchend der alten Welt, die Seele ins Neue trifft, verpflichtet Menschen Sein oder ist der Geister Gesichter nichts, Bedeutung nur das Lebende gewinnt, aber falls doch, ändert vergänglich?

Und was weiß ich schon darüber, nichts über das, was kommt und hier in meiner Welt sie mit niemand teilen.

Gediegen gekleidet, unbeachtet unter die Leute. Betrachte teils traurige, verweint stumpf, meist unverwandt blickende und manchmal gelangweilte Gesichter.

Die Menschen waren, werden, ob sie jemals sind? Führen sie geglückte Leben und was bedeutet das, wenn einer gerade noch da, nun tot unter der Erde liegt und wir nichts wissen.

Zwei Kinder spielen mit Blumen an einem anderen Grab, die Mutter nimmt sie an die Hand.

Ist nach mir, alles, was kommt? Ist Nichts mit uns darin immer? Bleibt Gedanke, Tat wiederholt, Sein, das wirkt, Geist, der führt. Dem Ende Anfang Irrglaube? Dem ich verfallen wünsche, der mein Hoffen nährt, eines einsamen Trauerns Hunger mäßigt nach Leben, das verfällt.

Verebbt töricht, schlau, noch so böse oder gut einmal jede Welle, fällt ins Meer zurück; ist er ausgelöscht der Tropfen?

Bin Tropfen und Welle, weites Meer in deiner Welt und verfluche mich, kann ich es glauben, trifft unerwartet, dass alles zu Ende, nichts betrifft. Umsonst jede Zuversicht, verliert sich bedeutungslos in der Gischt.

Ein Herr Kannos heute begraben, war Lehrer und bei der Feuerwehr.

Wege abseits packt gruselig kalt Grauen. In dem feuchten Grab liege ich und von Geisterhand zerrt es hinab, vorankommen gelingt nicht, unsichtbar verfangen. Renne so schnell ich kann über eine weite Wiese, schmale Wege, bis das Herz am Brustkorb klebt.

Was greift nach mir? Was zieht das Netz zusammen?

Schüttele den Albtraum ab, begreife neue Pfade, zerstreut entlang, gelange ich an eine verwilderte Grabstätte, lange von niemandem gesehen.

Was bleibt?

Wege, Ideen, die Erinnerung an den Moment, berührt und nicht vergessen, fort von der ewigen Welle getragen.

Schmerzlos, lustlos, nicht klagender Rest und doch schon vergessen, leere Hülle, holt der Tod ein, umfängt und hält gefangen. Lass ab, lass los.

Was muss sein, was ist zu viel im Leben?

Es zerstört Vergnügen, vergnügtes Sicher lügt, es gehört nicht, verliert aus dem Moment, zu schwach zu warten. Bringt Verzicht als Antwort näher?

Alles verworfen. Aus guten, lebendigen Gründen der Freiheit nachgegeben, die Zockerfreunde zusammengerufen und gemeinsam den Abend verbracht.

Spät aus dem Bett. Bissige Bemerkungen der letzten Nacht überfallen, da beneidenswert mein Glück, das leichte Leben zu genießen, sie in der Früh auf müssen, während ich schlafe, noch beinahe herzlich, mit der Zustimmung offener, direkter, grob, bis sie sich schließlich zu meinen Herren erheben, da sie den Müßiggang durch ihre Arbeit finanzieren, erstaunt uneinsichtig, vermeintliche Überlegenheit. Außerdem nehme ich ihre ja nicht weg, mit dem Hinweis auf eine zusammengewachsene und helfende Gemeinschaft ein Streit. Die haben und teilen aus und mir geht es so gut und doch sehen sie mich im Dreck.

Habe Hoffnung, aber vertraue nicht. Kenne die Jungs Jahre, treffe auf Missgunst, Abscheu und Neid, unverständlich; ausgeschlossen, nie erwartet, hat zwar nicht jeder auf meiner dünnen Haut getrommelt, aber rausgehalten hat sich keiner und ich gebe zu, mit der Freude über das Zusammensein verflogen, erscheint der Abend so hässlich wie er letztlich war.

Essen, schlafen, die Stunden der Suche im Internet bilden die einzig verbliebene, nutzlose Beständigkeit und lenken ab. Träge, verruchte Tage, zocken, Zeit totschlagen, betrinken in schummrigen Bars, Gebrüll, Gestank und Ekel. Flüchtige Begegnungen, bekenntnislos verlogene Reden, in Gesellschaft noch elender vergraben.

Frisst maßlos Glück?

Es ist nicht gerade förderlich, besinne ich mich vor einem neuen Wieder, ehrlich gewillt, beständiges Tun, unablässige Anstrengung das Blatt wenden und lasterhaft verspielte Wachtraumabenteuertage selten, aber lebendig werden.

Der Vorsatz hat jeden Teufel auf den Plan gerufen und sich damit zerfressen. Verliere an allem Interesse, schal, verdorben, leer; kann keinen Vogel in der Luft sehen, der freie Flügelschlag versetzt einen Hieb, nicht entweichen, fliehen, entkommen können.

Denke zu viel nach über mich, ziehe mich zurück dahinter, Gelegenheit zu tun, ergibt sich keine. Bin nicht, denke mich nur. Es gibt mich nicht unter den

Menschen. Ich verschlinge mich, verschwimme mit mir, verwische. Im Spiegel sehe ich mich an, weiß nicht, wer das ist. Ich bin es nicht, kein Traum von mir. Bin ein anderer. Längst nicht mehr.

Kein Geld für Zerstreuung in der Wohnung, auf der Straße, im Netz allein und soll ich jemanden treffen, überlege ich Ausreden, unerträglich, überall anmaßende Dämonen lachen.

Verzichte schon zu lange herumzustrolchen in der Gegend, den Träumen hinterher, rasen die Gedanken, die Gewohnheit belastet, keine Möglichkeit entgehen zu lassen, die sich nicht ergibt.

Ich kann nicht in die Welt hinein, zerbricht Stunde um Stunde, beginne, breche nach kurzer Zeit ab. Habe keine Geduld, ein Mittagessen zuzubereiten, meist aus dem Kühlschrank schnell kalte Brocken, schauert bisweilen Ekel. Krumen, schimmelnder Käse im unteren Fach, unaufgeräumt Verwirrung, den angesammelten Müll auftürmen, bis er zusammenbricht und ich, darunter begraben, hört auf, rührt Kaltes an, das aus mir brechen, zerreißen will, ruft Zerstörung, vernichten, hat bei der hereinbrechenden Dunkelheit wahnsinnig gemacht. Aus der Wohnung auf den kalten Flur, nicht nach vor noch zurück, geradewegs zum Nachbarn.

Julia ist nicht da. Klemens bietet eine Tasse Tee an, erzählt vom Tag in der Arbeit, der gutaussehenden, neuen Kollegin, verhöhnt beim erstaunt, vorwurfsvollen Blick. Die klägliche Hoffnung, es gebe so was wie die Liebe, ich es noch immer glauben mag, überrascht, wenngleich er bei unserer letzten Unterhaltung mit völlig gegenteiliger Ansicht überzeugen versuchte. Die Arroganz des Satten, spotte ich im Geiste und bin dennoch kurz entschlossen seiner Meinung, weiß, wie schnell der Liebe Küsse selten, bloß Zankerei bleibt und der anfangs belächelte Makel wird lästig. Obwohl ich nun nichts als das wünsche und auch Treue nicht jedermanns Sache, sei das Stabile lieb, es einfach jemand gibt, weil wenn ich die Wohnung betrete, ist es still.

Irgendwie macht Klemens das besser als ich, fordert leise Neid; unbekümmert, schlagfertig geübt, wimmelt ab, wenn's eng wird, Julia Verdacht schöpft. Ich bin schon nach einem kurzen Gespräch gelangweilt, nicht mehr interessiert, finde gerade deshalb flüchtiges Treiben entspannend, so unverfänglich aufs Wesentliche konzentriert und dabei ist selbst das oft wenig passend, recht unangenehm sogar, doch immer anstrengend entweder währenddessen oder davor oder danach, zermürbt der Gedanke an einen kuscheligen Abend in Zweisamkeit, aber Verführungen der neuen Arbeitskollegin locken und ehrgeizig will ich mich beim nächsten Kennenlernen nur auf Äußerliches konzentrieren. Leider ist das fröhliche Gefühl dahin. Ein kläglicher Versager bin ich, der es zu nichts bringt und nichts weiß, nicht was, nicht wer oder wohin und schon gar nicht wie es besser wird und muss einen furchtbar mürrischen oder verwirrt verlorenen Eindruck gemacht haben, Klemens sieht verständnislos an. Was los sei. Es überrascht die Verdrießlichkeit.

Der Tee steht bereit am Tisch. Wir spielen eine Partie Karten. Klemens erzählt von Julia, unerträglichem Zurechtweisen, Stänkern, unzufrieden Leiern, dem schrecklichen Ordnungswahn, den er sich nicht ansprechen traut, weil er fürchtet, dass sie es heimzahlt und die Wäsche nicht mehr bügelt oder die Wohnung putzt. Ich denke an sie, lächele, auch wenn der Gedanke an eine saubere Wohnung niederwirft beschämend. Erzähle von der erfolglosen Suche in jeder Hinsicht, fortwährend Gedanken verstricken, es sei nicht genug, ich sei nicht genug.

Bescheidener mit dem täglichen Fortschritt, rät Klemens, aber beständig weitergehen. Kein schlechter Tipp, überlege ich die Stufen hinauf: lernen, geduldiger zu sein.

Ein bisschen beneide ich ihn wirklich. Die Frauen fallen zu, werfen sich regelrecht an ihn und locker in der Hand macht er sich keinen Kopf, gibt das Gefühl ganz besonders zu sein und sogar das sicher noch irgendwie süß und liebenswert, wenn er eröffnet, dass er in einer Beziehung steckt, es alles so kompliziert macht und, natürlich, sie versteht, er abbrechen müsse.

Nehme strittige Aus- und Abschlussszenarien schon vorweg, es passt meistens nicht.

Auch ich passe nirgends.

Träume von einem Liebesspiel und hätte gern wieder eins. Die Liebe? Eiskaltes Ungetüm, aber zu ertragen, weiß alles über sie, weiß nichts, sie lächelt, meint es gut, streichelt Träume, Sinne, Glieder, als hätte Sinn und Denken niemals solchen Traum erdacht.

Und auch wenn sie weh tut, wünschte nichts anderes, ist doch verrückt, will es, will es nicht; lieblich Duft, sanftes Flüstern am Ohr, tief in die Augen sehen.

Finde nicht, bin Liebe leid und auf sie warten, einzig sicher ist der Tod, den ich fürchte; beide verführen, rufen, lauf, renne, komm, spring, tanze mit mir, schneller kreise, streife schwungvoll, dreh mich, nicht so schnell... will doch nicht aus dem Tanz hinaus hinein ins Sterben todesfreudig.

Dreht alles falsch; bedrückt aller Tage, kein Tanz, die Liebe hat aufgehört, es gibt sie nicht.

Was jetzt, Tod? Liebst du mich?

Die Liebe und die Leidenschaft haben verbrannt, deren Leuchten lustvoll habe ich gesehen, wehklagend vergehen; treibe mit, fortgeschwemmt, leblos umher im Strom der Zeit, aber immerzu getrieben.

Wo ist der sonnige Pfad, auf dem ich tanzte, der neue Anfang, warum erdrückt Sehnsucht einzig treu, peinigt in den Träumen. Die Liebe leugnet, hat abgeschlossen, schön langsam fremd, hat aufgehört, will nicht mehr begegnen.

Schlecht behandelt, jetzt zeigt sie´s mir, weicht aus, lehnt ab, verlacht, traut nicht, lügt alle Schuld bei mir.

Öffne Datingseiten, fast aggressiv, nervöser mit jedem ablehnenden Klick, verfinstert, wünschen befriedigt sehen.

Da kommt ein Chat. Hat eine, welch Untat, erwählt und ich kann nichts als unausgeglichen in der Wut strafen. Schon ist sie weg.

Die war irgendwie nett. Gerade deshalb war ich schroff? Hätte auch so reagiert, kann nicht aufhören, über die Unfähigkeit zu klagen, da ist sie wieder.

Glück gehabt, jetzt aber schnell.

Nochmals, dieses Mal herausragend liebenswürdig, höflich männlich angeschrieben, warte und siehe da; leider nur plaudern. Arbeitslos, die Antwort dauert schon ein bisschen lang.

Lügen? Gibt es doch auch alles dazwischen und ein wenig zurechtrücken die Wahrheit schadet nicht. Direkt angesprochen hat sie es nicht, hat einen Freund, will bloß chatten. Lügnerin! Ich hingegen würde meiner Partnerin eine Affäre erlauben, versuche ich es mit allen Mitteln, natürlich selbstsüchtig niemals, wenn auch mir selber und da sind Zweifel und das allerletzte, die Moral. Sie lehnt ab, das geht nicht.

Also was jetzt? Romantiker? Eben! Weil im Grunde will ich nur eine und bestehe darauf, dass die Frauen den Männern in nichts nachstehen, was die Gaunerei, das Betrügen angeht.

Aber nicht auf der Last liegen, verstehe ich, bleibt attraktiv damit beschränkt, könnte mir auch keine leisten, die auf der Couch rumhängt, große Töne spuckt, die Welt verklagt und dabei Essen im Kühlschrank vergammelt.

Ist doch fast nie anders außer schwatzen oder nach dem Pictausch fehlen erschrocken Worte, der Mut zur Tat oder den ehrlichen Abgang zu wählen. Oder doch Treffen, Reue oder erst recht Stress, wenn Reden ernst wird. Das Internet erspart auch peinliches Davonkommen nicht immer, nimmt aber manchmal die Nähe.

Auf ihren Wink hin mir vorgenommen, Leben in geregeltere Bahnen zu lenken, auch wenn nicht zu erklären wie und obwohl nichts als Ärgern geblieben ist, habe ich mich als ganzer Mensch gefühlt.

Einem Fremden sich anzuvertrauen, hat etwas ehrlich und überraschend Befreiendes: Sie erzählt, hat ein Leben, ich mehr von Vorhaben, Theresa, sie von der Arbeit, ich von langweiligen Tagen, Problemen mit weniger Geld, sie, dass andere damit tun, was sie wollen, ich vom Unglück des Anspruches auf die Welt, sie, dass doch jeder alles will usw. usf.

Und wieder einmal die Welt erklärt, aber meine habe ich noch immer nicht verstanden.

Draußen ist es ungemütlich, es bringt nichts, wird auch jede andere sich nicht über meine Situation erfreuen, zukunftssicheren Partner gebe ich derzeit keinen ab.

Ins Bett kriegen und noch halbwegs überzeugt Bestleistungen erbringen?

Könnte auch eine ausgewogene Entscheidung fällen, ich weiß nicht, wie ein Auto kaufen oder eine DVD und dann mich zufriedengeben. Man liest davon. Eheleute, mit den Jahren liebgewonnen, andere leben zusammen trotz heftiger Verachtung und Hass, zwangsweise verbunden, die nächsten wie Geschwister und ein paar Ecken weiter liebt man sich verknäult, streckenweise wechselweise abwechselnd untereinander.

Dann lieber auf Romantik hoffen.

Im Zeitraffer sehe ich mich ergrauen.

Was sollte man die Natur hassen! Also bleibt es dabei. Hormone, Gene, Geilheit und ein bisschen sich um Nachwuchs sorgen, damit die glorreiche Spezies kein oder gerade dadurch ein final-fatales Ende findet.

Mein Frust erlebt einen Höhepunkt!

Doch ein Date mit begründetem Verdacht, ernsthafte Absichten oder lieber die anderen. Schnell, ohne lästige Gefühle und schmerzhafte Nachwehen, vorausgesetzt sie sind nicht mit Krankheiten verseucht.

Die unbeschwerte Unterhaltung ist dahin, wälze mich im Bett von einer Seite auf die andere. Natürlich brauche ich ein Ziel, einen Job, Betätigung und Sinn, plagt der Wahrheit ergeben. Aber welches? Was Wahrheit? Wohin? Die Muskeln sind angespannt, im Nu umhüllt ein Schweißmantel, nie loslassen, nicht aufhören, weitermachen, größer werden, mehr sein, als ich bin, je sein kann, wer weiß.

Treffe vom Bewerbungstraining und dass ich eingewilligt habe, ärgert, als durchkreuze es Pläne für den Tag, obwohl ich keine habe.

Die gelassene Harmonie überrascht. Höre allerlei Probleme und Schwierigkeiten an, die ärger nehmen, als ich dachte, weil es denen auch richtig beschissen geht und sich keiner interessiert dafür. In allem jedoch entspannt, zuhören, verweigert sich selbstbezogen, abgrenzenden Überlegungen oder ist es das geteilte Leid, die anerkennende Erzählung, die mitfühlend im Durcheinander des Menschenuniversums an mich schwingt, weil nah, obwohl unweigerlich für immer und schon immer getrennt, überlege ich ohne je gültigen Entschluss. Aber einsam mit sich sein ist insgesamt eben doch nicht besser und mit der Entschlossenheit im Herzen, bald eine neue Stelle und Anschluss zu finden, bin ich beschwingt von einer Aufgabe bei der nächsten; recht egal was, Hauptsache, das, was ist, endet.

Energisch Stunden gearbeitet, mit Gutem bisher zu brillieren, zeige Verständnis für die zukünftige Tätigkeit und höchste Bereitschaft. Und kaum schmunzeln zu verwehren, der „Arbeitstag" hat erinnert, wie einfach alles war.

Kollegen, gesellig, mal Stress, raus aus dem nirgends dabei und Geld für egal was. Große Freiheit! Nicht der Buhmann der Nation und zufrieden müde nach einem anstrengenden oder gelungenen Tag, reden darüber, was passiert, mitmachen, gebraucht werden, sich erhalten, bestätigen, nicht ausgeschlossen, nicht Dahinsiechen, schleichen, gewöhnen und verstecken im Halbschatten des Lebens.

Zu den ersten Fragen beim Kennenlernen gehört, was man beruflich macht. Mir graut davor, argwöhnisch, verächtlich Verwunderung zu erkennen. Selbst wenn ich auf Verständnis und offene Ohren stoße, es ist nicht dasselbe, man gehört nicht zu deren Welt. Fühle mich als Unglücksbote oder Aussätziger gemieden, es nistet sich wie eine Krankheit ein. Wegmüssen von mir, mich nicht mehr erleiden. Elend, mies, trommelt, hetzt und hasst: Versager, Nichtsnutz, der von den anderen lebt, nichts tut und nimmt. Und solche sollen nicht bekommen, wovon alle mehr sehen wollen.

Hilft Unglück, dem Schmerz entkommen, ende Weg ohne Sinn, bitter-süß Erlösung, Schwere lastet, aussichtslos steigert sich zu Hass, umfassend und verheerend. Den Schmerz fühlen, Verachtung dulden; elend und grausam, du bist nichts! Trost, gerechter Tod, der für alle kommt und niemand meidet, erleichtert. Aber nicht hochmütig betrügen und wende mich lebendig ab.

Wenn Profile, Bilder und fantastische Erlebnisse fake wären, nach denen ich so süchtig zappe, es ergäbe keinen Unterschied, überfliege bereits vergessen aus purer Gewohnheit Körper, Gesichter und Geschichten und auch das eigene Geschreibe unterscheidet sich überwiegend nicht von einem schlecht motivierten Programm, genügt allein abzulenken von Stillstand, aufregend erwartend träges Nichtstun verbirgt.

Der helle Gedanke überführt, eine heroisch überlegene Geste schließt die App, auf dass echtes Leben wartet. Auf Jobportalen gestrandet; winde zäh, angewidert der überzogenen Betriebsamkeit, nichtig alles Tun und Wirken, bleibt nur auferlegte Pflicht und die Erfüllung. Wehre mich, entschieden ekelt Getriebensein, mehr noch unterdrückt, bestrebt, frei zu wandeln unter Gleichen.

Kann ich denn anders, als der sein, der ich bin? Kann es die Welt?

Bleibt die Entscheidung, dem Traum im Werden, noch krass dem Sein verhaftet, zur Existenz zu verhelfen und ist gleichgültig, wer oder was belastet? Die Hand fährt strafend nieder, sie kann auch Gnade walten lassen.

Enttäuschung ergreift, berührt, lässt schwermütig zurück, das richtige Leben gibt es nicht. Selbst wenn vorgegaukelt danach erscheint und falls doch ist es Ausflucht, Zuflucht, mag mit unerhörter, menschenunmöglich unmenschlicher Anstrengung verbunden sein, die nicht wahrhaft eigenes Lebendiges betrifft. Nicht muss möglich sein, seinen Weg finden, ein Richtiges für mich. Existieren beginnt schon, bewirkt, lässt gleich immerzu und ist gut, wenn nicht.

Was hasse ich mich und die Menschen!

Betrüblich verzweifelt brandet Wollen zurück, brandet nieder und ich weiß nicht, ob ich die Kraft habe, daran zu glauben oder die Enttäuschung ertragen kann, dass ich nichts außer meinem Wollen bin.

Wenn es so ist? Ich atme; weiter hetzen oder viel schlimmer, selbst Verfolger sein? Den Traum, der keiner, zum Albtraum machen, durch Selbstbetrug verlieren; leben will ich und was ist es, ist nichts als Schmerz in der Lust daran ertragen.

Das eine mit allem, das meines ist, und nicht, ich, stets Andeutung, schon morgen ein anderer, bin Weg und Sinn und das Ziel überrascht mich.

Morgens dunkel verhangen, wärmen Sonnenstrahlen, der Frühling zaubert Düfte in die Luft, Sehnsucht leidenschaftlich nach Blühen, neuem Beginn und überall dem Versprechen hinterher Mütter, fröhlich kreischende Kinder, knutschende Pärchen, eine elegante Dame spaziert, andere, die Runden drehen, Studenten mit dicken Ordnern, ein Geschäftsmann, um Sauberkeit bemüht, schlendernd Passanten.

Zurück vom Sonnenbad gehandwerkt, wundert, wohin die Stunden sind. Den Rest des Nachmittags auf der Couch gelesen, abends zu den Nachbarn. Brettspiele, Rotwein, Knabbereien, wir lachen, weisen freundschaftlich-schroff, heiter-zärtlich zurecht, Geschichten bestärken, geheime Träume festigen das Band. Zweideutige Gesten, Worte klären, entdecken, dass wir nahe sind. Keiner hat verloren. Spielen reißt Mauern nieder. Habe bei den beiden geschlafen, bin erfrischt im eigenen Bett erwacht.

Den Einkaufszettel fertig, die Wohnung blitzblank geputzt und mit knurrendem Magen los. Biege gewohnt die Ecke ab, träume Regale in den Einkaufswagen kippen, da erblicke ich eine alte Frau, die ihre Tasche voller Glasflaschen vor dem Container ungeschickt auf den Boden leert. Erstaunlich wenig Scherben, sammle verstreut liegende Teile auf, sehe in ihre Augen und beinahe säumen tausend Splitter die Straße. Von einer Welle fortgespült, setzt es zurück. Die Dankbarkeit über die unverhoffte Hilfe setzt Gewalten frei. Verneige das Haupt und gehe weg, schwebe regelrecht mit einer Wärme, die führt, ungewöhnlich benommen und nicht wie geplant im Geschäft stehe ich vor der Wohnungstür. Schließe auf, sitze am Tisch in der Küche und beginne, zu weinen.

Jung, im Haus der Eltern, blitzt es betrüblich auf, helfe der Großmutter über die Stufen ins Zimmer. Selbst mit Krücken hält sie sich nur schlecht; es eilt, hake genervt Arm in Arm, zerre hinterher. Wimmern, kein Weinen, die Knochen krachen. So dünn der Arm und schwach, bald darauf ist sie gestorben.

Ich verzeihe mir, zwingt Erinnern, darf, kann nicht.

Leidend trostlos;

verwundert, der kleine Arm taugt nichts mehr, schreit, kann doch den alten Körper nicht ziehen, Dummkopf, müht über die Kante stufenschreiend weiter; vernichtend hergefallen; war schon von allen tot gesehen; kriecht vorbei ohne Blick und Begehren. Der Liebste an der Seite ohne Mitleid, unbedacht.

Verdiene grenzenlos Verachtung, habe niemals je seither daran gedacht und verzeihen kann sie nicht mehr.

Haste zum Kasten im Eck, erstöbere in der untersten Lade unter durcheinandergeworfenem Papier Kerzen. Nehme eine, schiebe in der Küche Geschirr und Unrat fort. Sie leuchtet hell, flackert ruhig, erhellt Zuflucht an der Wand, an die ich lehne.

Die Gewohnheiten und Laster trüben den Blick, Vergnügen träumt sich ohne Leidenschaft.

Aber richtig wahrhaben will ich es nicht. Die Zeit vergeudet, künstlich erregt, schmeichelt der stolzen Eigenliebe nicht. Zerstreuung beruhigt die Nerven, entlastet, erleben nicht missen, lässt erheblich beruhigter weitersinnen, aber erkennen durch, was nichts als unzufrieden macht? Der Kopf dreht, richtig Geldnot schürt Bedenken wie Aufwendungen weiter bestreiten.

Zwinge mich in alle möglichen, fremden Bereiche. Vorhaben aussichtslos, wieder von vorn.

So einfach, neues Leben, ein anderer sein, anderes tun. Lernen, gelehrig, geduldig mühen, den Platz erkämpfen, verdrießlich dem Rest des Tages mit Mühe kostbare Minuten abringen, falls nicht verdorben vom aufgestauten Groll, fruchtlos und ohne Lohn von allem bisher zu lassen.

Sei stark, überwinden, nach vorne schauen, dabei gebrochen; verbiete, erschöpft zu sein. Der Körper glüht, träume das Glück anderer Tage. Einen Urlaub mit Theresa rufe ich hervor, streichle behutsam das weiche Haar, schließe die Augen, als sie küsst. So warm und hell und schön. Eine Träne läuft über die Wange, das Bild erlischt. Verkorkstes Dasein. Tag um Tag und so wenig Freude.

Heiter-wolkig, Regen, Sonne, gleichzeitig und hintereinander spiegelt die Stimmung. Motiviert, beschwingt, pendelt aus die Kraft, die Flaute drückt aufs Gemüt, die Ahnung fesselt.

Wo anfangen, wenn ich dabei bin, mit allem aufzuhören.

Die Antwort erschlägt, keine wäre lieber. Ich bin ungeeignet; weitermachen mit zugrunde richten; finde keinen, es gibt nicht, der ich bin.

Wo sehen Sie sich in Zukunft?

Beständig tätig und zufrieden donnert in den bedeutungslosen Inhalt und zerbricht.

Ausbildung, Befähigung oder Unterschrift brauche ich, bin flexibel, aber ohne Weitblick und göttliche Berufung, eine bestimmte Sache weiter, wieder in ihrem Ende zu verfolgen, begutachtet ein strenger Blick, umstrahlt im Glanz von Diplom, Erfolg und Geld.

Auf die Frage nach meiner Schuld, wohin Interesse und Streben führen, bleibt die Antwort offen, lauert eine Gefahr, weil es jeder andere kann, arbeiten, glücklich sein; ein bitteres Lächeln wirft ins Verständnisloch, hämmert gegen die Wand.

Abarbeiten zusammen an der Welt, zerstören, verloren gehen nach allen Seiten ins Unendliche.

Aber ist Tun um Tat nicht gleich, warum kann das bisherige nicht mehr gefallen, ausgeschlafen und satt jeden Gram vergessen, reinschuften, fordern, immer schneller erreichen, das kann ich nicht?

Auch wenn all das Hasten nicht glücklich macht.

Und sogar die lieben Dinge werden einmal einem überdrüssig, an nichts festhalten erleichtert.

So viele Tätigkeiten führen die Hand, den Menschen daran selbstverständlich durch den Tag, lassen ermattet ab, manchmal zufrieden, aber nie tiefer Schlaf, immer bereit zu jeder Stunde, als verfolge der Tod, hat der Albtraum sich festgebissen; verfolgt auf der Stelle treten, verzweifelt immer weitermüssen.

Hab noch die kleine Wohnung, bin froh, dass ich früher nicht umgezogen bin. Und zu essen.

Sich ernähren, ein Menschenrecht? Produktivitäts-
gewinn, Verteilungsmöglichkeiten, Fortschritt, aber
eigene Felder bestellen.

Und ich hab keines.

Zunehmend abhängig voneinander sind alle so viel
freier! Ich bin wütend, verstehe, irgendwer muss den
Kühlschrank reparieren, ich kann es nicht oder egal
was. Aber nein, ich verstehe nicht. Mehr arbeiten, obwohl man weniger dafür bekommt und auch weniger
Arbeit da ist. Und wenn man von der Arbeit anderer
profitiert, warum nicht statt einem Schloss ein Kran-
kenhaus bauen. Weniger Kühlschränke reparieren,
aber kaufen und ist Freizeit nun gut oder schlecht?
Wobei, was es für mich ist, weiß ich und weiß es nicht.

Immer erreichbar sein, danke nein, obwohl manchmal würde ein Anruf freuen.

Wo sind die Jobs, wo auch mal zwischendurch im
Takt das Gleiche tun entspannt und befriedigt und
die, bei denen auf Fragen geantwortet, geschrieben,
gedacht, gelacht wird? Apps befehlen, keine Zeit,
Apps kaufen, schreiben mein Leben, tun und wirken,
nutzen die Zeit, die ich hab.

Lehnen Sie sich unnütz und gelangweilt zurück,
das Programm erledigt Leben für Sie. Ich bin nichts
ohne und außerhalb der App und wenn ich kann,
kaufe ich mich besser und war dann da. Ein Algorith-
mus erwählt, befriedigt Bedürfnisse, regelt Belange
und alle machen mit.

Ein Bekannter von früher hat besucht. Ein Vorstellungsgespräch hat Stefan hergeführt und wir sind danach ins Bad. Noch aufgeregt hat er bei der ersten Kreuzung eine rote Ampel übersehen, übertriebene Vorwürfe zerfließen im warmen Nass. Ich mache auf zwei junge Männer aufmerksam, sie schmiegen ziemlich zurückhaltend, aber nicht verschämt, aneinander. Hey Homos, ruft einer vom Rand des Beckens aus einer Gruppe im Vorbeigehen und lacht und auch ich kann ein Lachen gerade nicht unterdrücken. Stefan ist schwul, meint vorwurfsvoll, dass wir die auch nicht blöd anmachen und warum küssende Männer eine Aufregung sind, keinen Skandal mehr geben in unserer Zeit. Stimmt eigentlich, denke ich ein bisschen voreilig und auf dem Heimweg aus heiterem Himmel, ganz ernst, zeigt er den Mut der beiden auf, wie verlogen viele sind, feig im Verborgenen leben. Die Worte hinterlassen einen verwirrten Eindruck und als wollte ich durch etwas besonders Kühnes beeindrucken, fasse ich – ich verstehe selbst nicht warum – mit der Hand in seinen Schritt; Erregung, erschrocken ziehe ich sie zurück. Bis zur Wohnung kein Wort.

Ob er noch mit rauf komme auf ein Glas. Einverstanden. Geredet und bald einander an die Wäsche.

Harmlos der nächste Morgen, bleiben wir an einer Grenze des einander Kennens, entgegen meiner Befürchtung geschmeidig vertrauensvoll, nicht überschritten. Die letzte Nacht ist lange her. Stefan macht sich auf den Weg. Noch gut gemeinte Wünsche, ein fester Händedruck, betont kräftig die Umarmung.

Eine neue Erfahrung und ja, schon schön, bin ich, und kann es andern nicht sagen, ziemlich hysterisch und brauch am besten sofort ein Erlebnis mit einer Frau. Fast aus Angst, es andersrum nicht mehr zu können, und ich es mir bestätige, bin stark und männlich, kann anpacken, nehmen, was ich will. Keine gefunden. Unablässig Wünsche und Erlebnisse hinterfragt, durchforstet und mich gründlich unwohl gefühlt, weil nicht guten Gewissens ein kristallklarer Hetero-Mann und beschließe feierlichen Ernstes, es bei einem außerordentlichen Ausrutscher zu belassen. Abends träume ich heimlich davon, es vielleicht doch noch einmal zu tun.

Gott sei´s gedankt, ein Treffen mit einer, sogar recht feschen Frau gehabt und es lässt noch gelassener an das Erlebnis mit Stefan denken. Bin natürlich nie bereit, ihn anzurufen, habe aber auch keinen Einwand gegen ein nochmaliges Übernachten bei mir.

Früh aus dem Bett, hereinfallende Sonnenstrahlen kitzeln munter, arbeite monoton Inserate ab.

Die Zeit verrinnt, ohne Arbeit kommt keine Sommerlaune auf. Ein Anruf gerade mal, schwer herablassend, der Mann meint, ich vergeude Zeit. Andere, im Gegensatz, sind früh auf Schiene oder so ähnlich, aber im Übrigen unausgesprochene Belehrungen, gegen Ende hin werden die Erfahrungen zerpflückt und schon ziemlich blasiert das Nein. Für was die Mühe?

Vielleicht komme ich einfach gelegen, aber bei anderen Unmut auszulassen, zeugt auch nicht gerade von Stärke und Besonnenheit und ich wünschte,

Stärke haben, Macht und Einfluss, um den anderen zeigen zu können, dass sie sich nicht alles erlauben können und nicht jedes Recht haben.

Die Worte verhallen schnell, hoffe auf bessere Tage.

Überall hin und für alles, was ich machen kann, dürfte, sollte, können muss, ein Einheitsanschreiben hingeworfen. Alles egal. All das satte Gerede von Berufung, Leidenschaft, dem überragenden Ziel, es ist völlig gleich, alles gleich, alles Tun und suche dennoch damit Erlösung aus der Enge, suche Stunden um Stunden, sauge jeden Lichtblick auf, der helfen kann, zu tun.

Braucht alles seine Zeit, aber niedergeschlagen lindern die Worte nicht, machen auch nicht verständiger, genauso wenig, wie sie helfen.

Nein, nicht bestimmt, muss kein Bestimmter werden, einfach sein. Versende in einem Arbeitsrausch, in einer ekstatisch verzückenden Verzweiflungstat überall hin, damit die Zeit nicht im Nichts versickert. Der Körper bebt, besessen und verbissen weiter und je weniger ich finde, umso verbissener suche ich.

Vergeblich Mühe, am Ende ist wieder nichts, bin schon immer vergessen von beständig und betriebsam Gier und Neid, niederträchtig gedeiht unter Menschen, selbstgerecht verfressen, zerfleischen, verbrennt der Geist. Giftiger Groll, zynisch hassend zugrunde gehen.

Den Körper fühlen, stärken, reger werden. Joggen im Sprühregen soll helfen. Laufe immer schneller, schaffen, was in anderer Hinsicht nicht gelingt. Blicke nach den Seiten wie ein Verfolgter auf der Flucht, renne, rase, Stechen in der Seite zwingt zu halten, rastlos heim.

Suche die Konfrontation im Selbstgespräch, um einen Zustand der Helligkeit zu erlangen und dadurch einsichtig Erkenntnis.

Noch keine großen Errungenschaften damit bisher, ergebe mich dem Eindruck, als drehe ich im Kreis. Nicht mit dem Denken allein, mit allen Tätigkeiten, die sich ohne Abwechslung täglich zeigen als fader, träger, grauer Brei.

Nachmittags rollt Müdigkeit donnernd heran, starker Wind, bedrohlich lautes Getöse, Bäume biegen, die Wellen auf der See hochwogend, verzehrt sie sich an meinem Licht, legt Dunkelheit und schwere Last auf mich.

Die immer gleiche Bewegung, unerträglich, hört nicht auf. Wieder an den Anfang geworfen und keine Veränderung, kein Funke leuchtet. Gedankenfeuer brennt Denken nieder, eingesperrt im Leben, verklebt die Flügel, können nicht entfalten. Niedergeworfen zu den sinnlos gewordenen Handlungen, mechanisch Tag um Tag vollzogen, begegnet Tun, begegne ich mir als in sich geschlossene Vergeudung.

Immerzu der ständig gleiche Dreck! In der Endlosschleife bedeutungslos, ernüchtert beschwerlich, nicht gelindert durch loseste Verbindung, Nähe, wechselseitig Glück und Leid, Verständnis erfahren. Furcht hält sich beharrlich, müder Schmerz lass nach.

Kämpfe gegen eine unsichtbare Übermacht, gewaltig thronend, droht festgefahren, macht nervöser, ungeduldig, der Zustand rührt sich nicht und verlieren zieht Müßigkeit an wie Fleisch die Ratten.

Hoffnung hilft über die Einsamkeit hinweg; sie möge nicht scheitern an mir.

Wo sie bleibt, meine Rose, wo hält sie sich verborgen? Sucht sie? Sehnt, horcht nicht endend in die Nacht, fleht jammervolle Stunden nach dem Liebsten.

Bleibt einsam fortwährend Begleiter?

Verloren.

Sinnlos.

Der Becher stillt den Durst nicht mehr, der Rose Blätter liegen allesamt am Boden.

Romantische Träumereien faulen an der Sonne wie Regenwasser im seichten Tümpel, Tiefe fehlt, der Liebe uneinsichtig Grund, die Schwere, mich einzulassen.

Leichtigkeit hilft, sich der Gunst bereichern. Zu oft trifft es, bringt Genuss, den Zauber nicht, der überwunden, nie vergessen; wieder satt bekommen quält. Gierig nochmals schmecken. Aber nur die Süße, nicht den herben Geschmack, wenn der zärtlich hüllende Schleier schwindet.

Nie sorglos und in Frieden, die Gewissheit lauert und Gefahr, nichts ist sicher, nichts darf bleiben, ich weitermuss. Was wünschte ich, der Tag nähme ein Ende und nicht wieder einer würde folgen.

Mühsal fordert unablässig, erdrückend der Gedanke, die besten Tage sind vorüber, entscheidet sich

Leben gegen mich, zwingt zur Einsicht, schwere Bürde, belebende Anstrengung und Sicherheit im ständigen voran; versuche, die Wahrheit im Glauben fernzuhalten, bin ich wirklich nur der will? Erleide.

Müßig Trott, zerfließe und erstarre in vermeintlich leichtem Leben, lass es ein Glück geben! raubt Minute um Minute, jeden Augenblick in der Erwartung, aber das befreiende Ereignis tritt nicht ein. Gar nichts wollen, umfängt, laufe aufgewühlt umher, ein gefangenes Tier verständnislos umzäunt. Bewegt, körperlich erschöpft, dämpft das Weh der geschundenen Seele.

Begierde nagt unerfüllt, pulsierend wirft Leidenschaft nieder, krönt hellsichtig mit Verstand. Im Wirrwarr der Gefühle, zermürbt der Geist, unruhig die Nacht, werde den Tag über nicht richtig wach. Bin zerknittert auf der Couch, gebeugt vor dem Fenster, zerrüttet am Schreibtisch, der Kopf ist matsch, stacheldrahtumgarnt das Denken, Bilderfetzen ziehen, rühren, reißen Vergangenes in die Gegenwart aus mir heraus.

Theresa, in der Küche, ruft, lächelt, vor schmerzverzerrten Augen zerrinnt das Gesicht in das der Großmutter.

Warum so eilig? ruft sie, bleibt genug Zeit, tot zu sein.

Gruselschauer kriechen über den Rücken, hinter mir knallt die Tür, schlüpfe unter die Decke, ratternd ohne Ausweg; weitermachen, nicht verweilen, frisst Unrast mich zerrissen, wo bleibt Erlösung, selbstbetrügerisches Hoffen, ich bin es leid.

Grüble, verlier mich an die Zeit, verweigern sich klare Momente dem Träumen, demütigt wünschen derber. Kämpfen, dennoch und trotzdem wieder, aber hänge an einer straffen Leine schlaff zu Boden.

Ersinne mich hochmütig scheiternd, erdenke jedoch keine erleichternden Bosheiten auf die Welt, traurig bricht sie herein.

Flüchte benommen durchs Netz, nicht Trost noch Ablenkung lahmt die Hand, Schwindel, kalter Schweiß auf der Stirn, aus dem Bildschirm greift nach mir, erschrocken fahre ich zurück, das Bewusstsein blockiert, die Wahrnehmung aufgelöst in dichtem Nebel. Vor allem graut, zerschunden Lust auf Abenteuer schmeckt fahl und fad.

Immer wieder die Stunden, Tage branden unverständlich zurück als Antwort oder Frage bis aus und durch und über mich hinaus ich dem üblen Los entweiche. Prüft verstrichene Zeit auf Stärke, bewahrt Erfahrung vorm Straucheln? Ein Insekt auf dem Wasser strampelt wehrhaft an der Grenze der Welten. An den Grund wiegen, in den Tod.

Überrascht kalt im Schlaf, hat sich unbemerkt angeschlichen, trete kühn entgegen, aber düster überwältigt unverstanden, offenbart den Verlust, bitter undurchschaubar Sein und Tod für jeden. Einströmen in ein ewiges Meer, ist alles, nichts. Ist es? Höre verzweifelt rufen.

Knapp gehalten die Fitnesseinheit im Dachgeschoss, klettere ich das Dachfenster hinaus, rutsche hinab, taste vorm abflachenden Ende zum Fanggitter, ein Blick die vielen Stockwerke nach unten Angst, vergehen, pocht in Bauch und Brust; klatscht der Körper auf, zerfetzt. Takt aus der Puls, krampft es mulmig im Magen. Bin und bleibe; nichts, unumschränkt Herr über mein Leben, werfe weg die trügerische Zukunft, die da, vorbei, als wäre es nichts als Traum gewesen. Vorbei Schmerz und Leiden.

Zurück fließt durch das Fenster Licht, Staubteilchen tanzen ausgelassen miteinander, ich rieche die Holzbalken, meinen Schweiß, Bilder zufriedener Tage streifen. Alles rast, verweht und ist vergessen, aber vertreibt diesseitige Probleme nicht, unwirklich zieht es hinab. Weiter einschränken, nichtsnutzig beenden. Tugend, bis sie würgt. Hilf, stark sein!

Das Auto ist weg. Hab mit dem Geld auch eine neue Matratze gekauft, liege bequem, aber Reue überfällt, wenn ich einkaufe, gerade mitnehme, was satt macht, von anderem karg, günstig, wobei manchmal schleudere ich Geld raus für ein grandioses Mahl, der Armseligkeit kurz entweichen. Gehe sonst kaum aus dem Haus, von der Zockerrunde meldet sich niemand. Was ich mache, denke, zählt nicht, in den Boden getrampelt unbedeutend, bohrt der Stachel ins Herz und ein Sturm fegt über die Erinnerungen, bis jeder Baum entwurzelt.

Bewerben erfüllt bisweilen die Tage, die Abneigung bis zum Hass, der die Gedanken überwuchert, dessen Keim sprießt, aufzugeben. Stelle mir vor, alles an Geld und was noch aufzutreiben ist, in einem abschließenden, erschöpfenden, letztlich entsagenden

Fest zu verstreuen und dieses wertlose, für nichts wichtige Dasein zu beenden und sehe, ob es nicht noch was anderes, was Besseres gibt, meine ich mich völlig verrückt! Steige die Stufen hinauf ins Dachgeschoss und noch bevor die Qual wieder beginnt, stürze ich zerschmettert ins Unbekannte. Spüle den unnützen Schmerz, den ganzen Rest des verhassten, hässlichen Lebens fort und biete dem unverständlich eitlen und ignoranten Treiben abweisend die Stirn. Genugtuung verschafft es, erstrahle selbstverherrlichend heldenhaft; nicht irgendjemand in der Welt mag noch verletzen können, weil ich angewidert und gelangweilt mich abwende, über die nutzlosen Bestrebungen höhnisch lache.

Verletzlich Größenwahn nimmt kein Ende, alles raffe ich an mich, werfe verächtlich alles weg; zu unmöglicher Größe erschaffen, steigere ich Wut und Rachegelüste, vernichte alles und jeden, der sich in den Weg stellt, kann nicht haltmachen in der Raserei, lasse untergehen.

Eine Leere überwältigt, alle Wut verschwindet, schwach und immer müder, der sinnlosen Anstrengungen müde; angespült an den Rand der Welt, bringe ich nicht Kraft auf, mich zu erheben. Ödland vor mir, treibe in den sanft wogenden Wellen ins tiefe Meer, finde Ruhe, umfängt der Fiebertraum, wirble betäubt im Strudel, kein Halt, keine Suche oder ankämpfen mehr, schmecke mit Leichtigkeit den Schmerz, koste Verachtung lächelnd, bin Liebhaber der Leere; bin nicht genug.

Durch einen Park, damit kühle Luft beruhigt, bereitet eine fröhliche Gruppe dem Sommer noch mal eine Bühne; belangloses Schwatzen, die besten Erlebnisse der aufregenden Tage, aber das harmlose Gelächter hallt quälend, bezwinge mich, der guten Laune nicht böse, augenblicklich trifft naserümpfend arrogant; urteile abschätzig über die flache Heiterkeit, tadle oberflächlich, vergängliche Belange. Gemeine Gesten, tausende Male vollzogen, gaukeln Beständigkeit vor; neiderfüllt, anmaßend nichts als Schmerz, dem ich gehöre, eingewickelt, abgegrenzt, blind vor dem gierigen Wunsch, nicht anders zu sein als sie.

Ein zerwerfendes Telefonat mit der Mutter. Vorwürfe, Schuld, Versagen, es endet nicht und Wut schnürt die Kehle zu, ich hasse aus gefräßigen Abgründen der Seele. Zerstörung; weine, verlass mich nicht, ausgehöhlt, mit schwerem Schlag betroffen ob der dunklen Einsamkeit, fühle mich nicht mehr, fühle um mich nichts.

Brechend volle Müllsäcke stechen in der Nase, verdorbenes Obst, Schmutz in den Ecken, auf dem Boden, in den Läden. Schwerfällig erledige ich das Nötigste, bin sofort erschöpft. Auf der Stiege Klemens, grüßt mürrisch, kaum zu hören, will aus dem Weg. Ich stelle zur Rede. Julia erkenne er nicht wieder seit unserem Beisammensein und der Grund liege klar bei mir. Widersprechen interessiert nicht, er geht vorbei, murmelt, in Ruhe zu lassen.

Überlege nicht lange, will die Sache klären, läute, drinnen poltert es, mit lautem Knall fällt eine Tür. Julia öffnet, scheint abgekämpft, wehrt ab, erbost mit jedem Wort, empfiehlt sich nicht einzumischen, ein eigenes Leben zu beginnen.

Für mich, einen anderen? Den Betrug aneinander, benutzt, ausgenutzt, belogen und verlassen. Lautloses Verwelken, bereits tot, nur noch nicht gefunden, unter Unbekannten, die zertreten; der Liebe für das Leben wegen, was widert es an, oder für irgendeine andere Idee, die einen verrät in der Dunkelheit.

Gott für all das verantwortlich machen, reinzwängen in ein Menschenleben für alle Zeit.

Die Welt wird nicht wahrer. Durch alle Zeiten kurz den Schmerz erfahren und verschwinden.

Sehe nur ich als Mensch so oder wünsche es, damit ich glauben kann, nicht ohne Sinn oder Bedeutung einmal ausgelöscht, mehr war als Staub im Wind.

Verstehe ich denn, wie der Maulwurf unter der Erde oder die Taube am Dach die Welt wahrnimmt, warum wir hier sind, was ich tun kann, wollen darf, wohin wir gehen? Und spielt es eine Rolle, ob ich vom Dach springe oder dem unten auf der Straße einen Ziegel auf den Kopf werfe?

Darauf wenigstens verlassen, gemeinsam mit den anderen ähnlich zu empfinden und wenn nichts wahr sein muss, dann doch Schmerz und Liebe fühlen, Gutes tun oder Böses.

Und würde ich des Lebens empfindsame Regung, jeden Impuls verstehen, ein jedes alles, würde ich allumfassend verständnisvoll verzeihen oder doch noch menschlich angeekelt der unerhört vervielfältigt aufgeblähten Plattheit ergeben aufgeben, aber einem Prozess ohne Sinn mich fügen? Durch Abwesenheit eines Höheren mich selbst zum Gott erheben, geblendet der Absolutheit des Verstehens anderes zugrunde richten, nichts mindert meine Herrlichkeit, um meiner Größe willen. In Ermangelung eines, das größer wäre, was könnte verzeihen? Härte täuschte, die Wahrheit stürzen, die widersprüchlich sinnlos versuchte, meine Größe zu ersetzen, die Vergänglichkeit leugnen, die Dummheit, von vorne zum Gott machen, durch längst erkannte Lüge. Dass ich mehr bin als ein anderer. Betrogen, Tat und Untat offen, nichts ist oder wird. Ich will und es geschieht.

Was genauso der Vergänglichkeit anheimfällt. Der letzte Rest vertilgt von der Welt und dann rein gar nichts ist.

Alles Hoffen umsonst? Das Ende nichts anderes als endgültiges Verlöschen.

Wenn die Mystik und der Zauber in der Welt der Traum, den wir nicht verstehen, nichts zu verstehen in sich trägt, keinen Grund gibt, anzunehmen, abseits und außerhalb während in unserer Welt und Gott existiere, führe, beschütze oder begünstige gar.

Nichts ist wahr, erlaube ich, Tun macht groß im Sein, der Traum ist enttäuschend, verstörend Hoffnung, keine Angst mehr, keine Reue überwältigt, ein Unrecht zu begehen, wenn Mensch stirbt; Verfall, Tod verfolgen, als Herr und Meister bestimmen, auch einmal restlos nichtig verschwinden.

Gott ist tot.

Ich zittere, der Kälteschauer bringt Besinnung, hilft es, jeder Verantwortung entziehen, hat Gott leben müssen?

Presse die Kiefer zusammen, der Körper zornig angespannt, ein Schrei in die Welt hinaus, in meine endlose Nacht, jeder Hoffnung beraubt, Gerechtigkeit oder die Milde unserer Gaben müsse Belohnung finden. Beängstigend oder beruhigend; ist es? nicht nur für die diesseitige Welt belanglos, wenn wir auf den Vorteil verzichten, einen Schaden erleiden, aber helfen können, wir können genauso gut nehmen und nicht aufhören damit, grausam kalt, durchtrieben, kein Bekenntnis, der Tod ist sicher, unbedeutend wirken, denken, versuchte ich, der Hölle der anderen entgehen, der Garten des Herrn ein Paradies?

Lange würde es nicht solch Leben geben, alles platzen vor Sattheit, aufhören vor Langeweile.

Ich frevle, ist es denn wahr, war keiner nah in der Zeit in der Welt, ist nicht auf unerklärlichen Wegen zu mir zurück und nichts will ich als den Menschen verraten. Wer hätte tiefer verstanden, erfüllt Mitleid, das vergeht, die Kraft fehlt, zu bezwingen. Wehmut, verhärmt, ich hinterlasse nichts Gutes. Habe es nicht schaffen können, ein Licht zu sein, nicht aus großer Anstrengung heraus helfen können, finde zwischen Für und Gegen den Platz unter den Menschen nicht, liege zerschlagen.

Erhöre, das Herz ist krank durchs Hoffen, das nicht endet.

Die Leere ist ausgetrunken, ich entsage, sehe bescheiden, aber verächtlich auf die wunscherfüllten

Menschen, die der Enttäuschung nichts anderes entgegensetzen als die Reihe dunkler Leidenschaften und wer dem Teufel zu lange ins Auge blickt, wird selber einer, versucht mich, Rufen findet kein Gehör.

Nicht böse, aber fest entschlossen an der Freiheit festhalten, die bleibt, das Vorhaben durchführen, rührselig Haften am Leben, der Heimat, den Tagen überwinden. Keine Träne wärmt, nichts lindert; verharre reglos, Geräusche von der Straße und den Wohnungen herum, Erinnerungen bis aus fernster Vergangenheit, alles Erlebte berührt nicht, vergangene Freude, der Schmerz; aus einer anderen Zeit, einem anderen Leben, als ginge ich mich nichts mehr an. Als hätte nach all den anderen es auch ich beschlossen. Mit mir komme ich zu einem Ende.

Versuch es noch einmal, gib nicht auf, aus der Ferne, aber allein im Menschenwald verirrt, finde ich in dem dichten Durcheinander keinen Himmel und keinen Weg hinaus. Im feuchten Gras neben dem Bach lausche ich dem Funkeln auf dem Wasser, Last abstreifen, leer, voll der Sonne sein, die durchs Blätterdach blinzelt, dem Wind, dessen Lied ich horche, dem weichen Moos, das so sachte bettet. An dem Ort, der keine Erinnerung hat, weder Groll noch Forderung hegt gegen mich, möchte ich versinken.

Weich tropft, fröhlich fällt der kleine Strom, Gras und Blumen duften frisch, da mischt eine Schwade fauler Grabesluft hinein, erstickt. Kalt entschwindet die Welt, zu der ich nicht gehöre, bringt schwarzen Tag hervor. Die Augen brennen, die Lider hängen schwer, die Halluzination ist fort, hat dennoch fest umfangen.

Ein Gedanke, dem ich folge, der zur Gänze füllt, hält und kräftigt, dessen Versprechen von Erholung, Ende und Loslassen süß Gift verströmt, die Sinne tört, kaltes Nichts lieblich schimmert.

Manche passen nicht in die Welt und zu denen gehöre ich. Die Anstrengung vergeblich, jede Stunde, jeder Tag.

Hier ist ein Niemand und niemand wartet, der wacht am Bett des Kranken, tränentraurig die Hand hält, zärtlich drückt.

In der Küche steht verlassen eine Tasse Tee auf dem Tisch, durch einen dunklen Schacht zur Tür halte ich versteinert inne, flüstere, „einmal noch den Tag sehen", unwillkürlich, außer mir, leise vor mich hin.

Hast noch nicht genug! Nie genug. Schmerzen überzeugen. Grundlos hoffen, die Menschen ausgetrunken, hast verloren. Fort mit dir, Mensch, verschwinde Übel, Gier der Welt zuviel, verschlingt nur.

Geh, spring oder lass doch andere zugrunde gehen! Nimm, vernichte, schlag nieder die, die quälen.

Mich zerstören, erlös vom Hass, von Schmerz und Kummer, der Traum hört nie mehr auf, ewig Schlaf, rüttelt und erweckt das taumelnde Herz, ich rühre mich, Leben tut so weh.

Versuche mich, Gott, egal an was, aber unnütz weggeworfen werden, raubt den Verstand.

Hast verlassen! Bist nichts, unendlich keines und kein Ziel dahin!

Was ist es gleich das Ewige und mehr, Sein foltert, hält die Seele gefangen. Bin ich der Mensch? Nicht schon in der ganzen Zeit entfremdet durch den Hass und Schmerz und Ekel vor der Niedertracht, der selbstvergessenen Gier, vor mir, der ich noch immer nach der Liebe und Nähe der anderen lechze. Was bin ich schwach, abscheuerregend Umgang, den man meidet, und werde dennoch überrannt.

Sie haben einen Körper, vielleicht auch Geist, sind aber nicht robust wie eine Maschine. Haben Sie keine weiteren Qualitäten, die für die Stelle auszeichnen?

Keinen Anspruch ans Leben. Ich werde die Stelle sein, sein, der die Stelle ist. Nichts sonst wünsche ich, als damit zu leben. Verzeihen Sie, ein Wunsch, ein letzter, ist da noch. Nach meinem Tod, wenn mein Name dort an der Tür bleiben könnte, damit jemand sich erinnert, dass ich da gewesen bin.

Nichts wartet. Kein Ziel, keine Aufgabe, kein Streben. Ein Tun-Müssen zum nächsten. Ich stehe morgens auf und frage wofür.

Zäher Tag klebt überall, in allen Poren, zwingt in Ketten zwischen Wände. Selbstzerstörerisch verzweifelt, in Welthass arg versunken, kein Sinn im Sein, keiner im Werden.

Erwähle dieses Leben aufs Neue. Ist es nicht Zeit, etwas zu ändern? Will ich wirklich nichts als Verderben und Untergang?

Ruhelos geschlafen, Gesichterschauer naher Menschen, längst entschwunden, begegnen, aber ausgeruht erwacht. Nippe sachte an einer Tasse, stelle sie behutsam auf den Tisch. Klar benommen durchflutet, lädt ein zu tun. Trete vor die Tür, das Haus, schreite die Straße entlang. Bei den Glascontainern hocke ich mit gesenktem Kopf auf dem Gehsteig nieder. Die alte Frau fällt ein, andere, die gerührt haben, da erfasst Zuversicht und Liebe, die Augen füllen Tränen, beschämen nicht, tragen fort und ich weiß, es hilft, zu ertragen, wie schrecklich leid es tut, dass ich sie zertreten habe, die Rose, statt zu pflegen und mich an ihr zu freuen ein Leben lang.

Ein Lächeln, ein guter Tag, das Streicheln einer gütigen Hand; Blumen und eine Flasche Wein den Nachbarn vor die Tür gelegt, kleines Glück macht maßlos selig.

Hadern und ringen, bleibe dran, weiter, stark sein und verstehen, damit ich verzeihen kann, nicht verständnislos ich oder ein anderer leidet und manchmal schimmert über dem Leben ein milder Glanz, verspricht süß und sanft, oft genug undurchsichtig und schwer, es ist nicht vergebens, doch noch immer besser, als alles zu verneinen.

Voller Tag, zu viel vermeiden, gut schlafen, durch und durch Tatendrang, möchte raus, singen, die Welt umarmen.

Geh es behutsam an, gute Dinge, schöne Stunden sind rar, Lohn fällt auch hier in den Schoß, aber wann es kommt und wie, weiß niemand. Aber gegen mich kämpfen, mich überwinden, bietet einen Gegner, den ich mögen kann und empfinde ein Gefühl von Glück, eine Spannung, die sich entladen hat.

Bedächtig schreiten und lege die längsten Wege zurück, erkenne ich mich kaum wieder, aber kühn, frech und fordernd sein. Und auch wenn alles von allem immer und immer wieder eine nie endende Wiederholung ist, so ist es eine mit einem neuen Tag. War nur einer einem gleich? Alles fließt doch, wandelt ständig, den eignen Wandel annehmen lernen muss ich, dessen abendrot leuchtende Verheißung trotz der Widrigkeiten Kraft gibt.

Mit Schwung Ordnung gemacht, recht matt ein Nickerchen. Steige die Stufen hoch ins Dachgeschoss, das Dachfenster steht offen, ich klettere hinaus. Blicke in die Tiefe, den Wolken am Himmel hinterher, die Sonne strahlt. Immer wieder Schmerz, Last und Drangsal, aber fasse mich bestimmter als zuvor, was noch vor mir liegt, soll kommen.

Durchs Fenster, runter in die Wohnung, steht jemand in der Küche. Thomas begrüßt, entschuldigt sich, aber die Tür habe offen gestanden; ich habe lange nichts hören lassen und überhaupt sei er hier, weil in seiner Firma ein Mitarbeiter gesucht wird und ob ich Interesse habe.